Author
하야켄
Illustrator
Nagu

11

"하이랄 메나스의 무기화?!"

눈을 뜨지 못할 정도의
환한 빛이 사그라들었다.
그리고 라피니아의 눈앞에는
황금색 갑옷을 입은 레오네가 있었다.

"시스티아 씨······
유, 유아 선배?!"

잉그리스는 아무것도 없는
새까만 공간을 따라 걸어갔다.
이윽고 희미한 빛을 발하는 기둥,
아니, 원통형의 장치가 보였다.

"아아아아……!
크리스!
크리스으으으으!"

글레이프릴 석관은 순식간에
절망적인 깊이로 가라앉고 있었다.
맑고 투명한 바다였기에
그 모습이 더욱 뚜렷하게 보였다.

11

영웅왕,
극한의 무를 위해 전생하다
그리고 세계 최강의 견습기사가 되다♀

author 하야켄
ilustrator **Nagu**

Eiyu-oh,
Bu wo Kiwameru
tame Tensei su.
Soshite,
Sekai Saikyou
no Minarai Kisi "♀"

S NOVEL⁺

커버 그림, 본문 일러스트 | Nagu

Eiyu-oh,
Bu wo Kiwameru tame
Tensei su.
Soshite, Sekai Saikyou no
Minarai Kisi "우".

CONTENTS

화염에 휩싸인 삼대공파 '기공'의 본거지, 일루미너스.

그 중추인 중앙 연구소 앞.

이 광경을 만들어낸 장본인인 샤를롯테와 티파니에, 맥웰 세 사람이 일루미너스의 중진인 윌킨 박사에게 머리를 숙이고 있었다.

"어……?! 어?! 뭐가 어떻게 된 거야?!"

놀란 라피니아가 윌킨 박사와 세 사람을 번갈아 쳐다보았다.

"과연. 저분들을 끌어들인 것이 윌킨 박사님 당신이었군요?"

잉그리스가 물었다.

이 넓은 일루미너스를 불바다로 만들려면 상당한 준비가 필요했을 것이다.

더욱이 일루미너스의 중추인 기공이 활동을 정지하고, 대부분 주민이 도시를 비운 상황이 아니었다면 일찌감치 발각되어 계획이 좌초되었을 터였다.

지금 빌마는 기계룡을 조작해 도시의 불을 진화하고 있는데, 만약 기공이 멀쩡했다면 몸소 기계룡을 출동시켜 침입자를 제거했을 게 분명했다.

즉, 티파니에 일행은 일루미너스의 도시 기능이 마비되리라는 것을 사전에 알고 있었다.

이를 토대로 만전을 기하여 계획에 착수한 것이다.

"일루미너스가 바다에 불시착한 것도 애초에 박사님의 소행이라는 뜻이 되겠네요."

""뭐?!""

"아, 아버지……! 이 말이 사실인가요?!"

하지만 윌킨 박사는 빌마의 추궁에도 표정 하나 바꾸지 않았다.

"사실이야~. 기공님이 팔팔하면 마음대로 움직이지 못하니까."

여전히 싱글벙글 웃으며 대답하는 윌킨 박사.

"네?! 어, 어째서……! 어째서 그렇게 웃으실 수 있는 건가요?! 일루미너스가 붕괴할지도 모른다고요!"

"맞아……! 빌마 씨한테는 미안하지만 역시 저 얼굴은 악당의 얼굴이야!"

라피니아가 말하는 얼굴이란 예전에 맞붙었던 아크로드 이벨을 뜻했다.

윌킨 박사와 이벨은 하이 마나코트라는 인공 육체를 사용하고 있었다.

"나는 이벨 님이 마음에 들던데?"

적극적으로 싸움을 걸어대는 다혈질적인 성격의 이벨은 대련 상대로 부족함이 없었다.

"그건 크리스의 가치관이 이상해서 그렇고!"

곧바로 라피니아에게 한 소리 듣고 말았다.

"아, 그러면 나는 싫다는 뜻인가? 충격인걸~. 너희한테는 꽤 친절하게 대했다고 생각하는데."

"아뇨. 아직 판단을 보류하고 있을 뿐이에요. 친절을 베푸는 김에 대련까지 해주신다면 감사하겠어요."

잉그리스가 그렇게 답하자, 샤를롯테와 티파니에, 맥웰이 자리에서 일어나 윌킨 박사를 지키듯이 잉그리스 앞을 가로막았다.

"후후…… 박사님은 인망이 있으시네요. 훌륭해요."

윌킨 박사에게 싸움을 걸면 샤를로테와 티파니에, 맥웰과도 덤으로 붙어볼 수 있다는 뜻이다. 아주 푸짐했다.

"작아진 건 겉모습뿐이구나. 건방진 성격은 여전해."

"교주련은 일루미너스의 붕괴를 윌킨 박사의 독단 행동으로 취급하려는 거죠? 당장 전쟁을 벌이려는 것 같지는 않거든요. 적의 전력을 깎을 겸, 유능한 인재를 빼내어 교주련의 내부 체제를 견고히 한다. 그렇다면 교주련이라고 한마음 한뜻은 아닐지도 모르겠네요."

"……뭐, 그 말이 맞을지도~. 사실 난 즐겁게 연구를 계속할 수 있는 곳이라면 어디든 상관없어. 이건 일종의 성의 표현인 셈이고."

"납득이 안 돼요! 일루미너스가 뭐가 불만인데요, 아버지!"

"다른 선택지가 없어, 빌마. 일루미너스…… 아니, 대공파 자체가 가망이 없거든. 침몰하는 배란 말이지. 연구를 그만두기는 싫은걸."

"그게 무슨 뜻이죠?!"

"수명이 다 됐거든~. 하이랜드의."

"……?!"

빌마는 윌킨 박사의 발언에 미간을 찌푸렸다.

"일루미너스를 포함한 대공파의 섬들은 지금으로부터 4백 년 전인 천지전쟁 당시에 만들어졌어. 지상의 백성과 벌인 최후의 전쟁……. 여기에서 큰 공을 세운 아크로드들이 하이랜드를 포상으로 받아 자치권을 인정받았지. 그게 삼대공파의 기원이야~."

"……그들의 힘이 비대해져 주군에 해당하는 교주련 측과 어깨를 나란히 하게 되었다는 거군요?"

잉그리스가 묻자 윌킨 박사는 "맞아~"라고 말하며 고개를 끄덕였다.

하이랜드의 역사와 두 파벌의 기원. 처음으로 듣는 이야기였다.

어쩌면 잉그리스 왕이 건국한 실베르 왕국의 전말이 여기에 숨겨져 있을지도 몰랐다.

"하지만 실상은 그렇지도 않았다는 거지."

"그게 무슨 말씀인가요?"

"하이랜드의 중추인 부유 마법진은 교주님밖에 만들어낼 수 없거든~. 게다가 부유 마법진의 수명이 길기는 해도 결코 영구적인 장치는 아니야. 부유 마법진의 수명은 하이랜드의 수명이지. 그 수명이 얼마 남지 않았어. 나는 그걸 조금 앞당겼을 뿐……. 다들 복구하려 애썼지만 더는 무리야. 일루미너스는 두 번 다시 하늘로 돌아가지 못해~."

"그, 그럴 수가! 그러면 일루미너스에 사는 백성들은 어떻게 되는 겁니까?!"

빌마도 처음 듣는 이야기였던 모양인지 화들짝 놀라서 외쳤다.

"교주님은 대공들에게 새로운 부유 마법진을 하사할 생각이 없는 모양이더라고~. 당대에 한정된 포상이었던 셈이지. 그러니 삼대공파의 몰락은 예정되어 있어. 조만간 지상에 떨어져서 하이랜드에 원한을 산 지상인들에게 말살당하던가, 프리즘 플로에 맞고 마석수로 변하던가……. 뭐, 행복한 결말은 아니겠지?"

"그렇군요. 그래서 삼대공파는 지상인을 회유하려 했나 보군요. 수틀리면 지상의 국가들과 손을 잡고 교주련에 대항할 것처럼 행동했지만, 진짜 목적은 교주련이 자신들을 회유하게 만들어 새로운 부유 마법진을 하사받는 것……."

최근 삼대공파에서 플라이 기어와 플라이 기어 포트 등의 최신 장비들을 하사한 데에는 이러한 의도가 담겨 있었다.

"뭐, 나는 그게 무리라는 걸 깨달았기 때문에 교주님을 섬기기로 한 거지. 즐겁게 연구를 계속할 수만 있으면 되거든~."

"그랬던 거군요……."

잉그리스는 삼대공파가 부유 마법진의 수명이라는 문제를 떠안고 몰락하고 있을 줄은 전혀 몰랐다.

이렇게 되면 봉마기사단을 앞세워 지상의 나라들을 결집하려는 카랄리아 왕국의 정책이 정말로 타당한지 재고해 봐야 했다.

뒷배라고 여겼던 삼대공파가 다짜고짜 몰락해 버릴 수도 있는 것이다.

삼대공파의 섬들이 지상에 추락하면 새로운 플라이 기어와 플라이 기어 포트는 물론이고, 마인무구조차 얻지 못하게 된다.

　그렇다면 카랄리아는 얼굴에 철판을 깔고서라도 교주련으로 갈아타는 게 유리할지도 몰랐다.

　"여러분은 삼대공파를 뒷배로 삼으려는 모양입니다만, 그건 침몰하는 배에 탑승하려는 꼴입니다. 과연 그들과 손을 잡는 것이 올바른 길일까요? 지금이라도 다시 생각해 보시길 추천하고 싶군요."

　맥웰이 모노클에 손을 얹으며 여봐란듯이 말했다.

　"우연이네요. 저도 비슷한 생각을 했거든요."

　"후후……. 현명한 판단입니다."

　"무슨 말이야, 크리스! 나는 반대야! 높으신 분들한테 뭔가 복잡한 문제가 생긴 거지? 하지만 힘을 합쳐서 만든 봉마기사단으로 많은 사람을 구해내는 건 좋은 일이잖아! 나는 포기하고 싶지 않아!"

　라피니아의 말에 레오네와 리제롯테도 고개를 끄덕였다.

　"응, 걱정 마. 생각만 했을 뿐이니까."

　어차피 라피니아라면 그렇게 말한다고 생각했다. 레오네와 리제롯테의 반응도 이해는 되었다.

　"흠. 순수한 마음의 소유자군요. 하지만 눈앞의 문제밖에 보려고 하질 않아요. 우직하다고 표현하는 게 맞겠죠."

　"꼬맹이일 뿐이야. 시야가 좁은 건 어리숙하다는 증거지."

맥웰과 티파니에가 바보 취급하듯 라피니아를 쳐다보았다.

샤를롯테는 아무 말도 하지 않고 묵묵히 두 사람의 이야기를 듣고 있었다.

"으으……!"

라피니아는 뭐라고 받아치고 싶지만 반박할 말을 찾지 못한 눈치였다.

잉그리스는 그런 라피니아의 앞으로 조용히 걸어 나왔다.

"하지만 어느 시대든…… 세상을 바꾸는 건 그 우직함을 관철하는 인간이라고 생각해요."

전생의 잉그리스도 그랬다.

여신 아리스티아의 가호를 받은 잉그리스 왕은 이 힘을 타인을 위해서 쓰자고 마음먹었고, 그 결정을 관철했다. 하지만 언제나 목전의 상황을 해결하는 데 급급했을 뿐, 실제로는 내막까지 충분히 이해하고 행동했던 것이 아니었다.

정신없이 앞만 보고 살았던 잉그리스 왕은 말년에 스스로를 되돌아본 뒤에야 그 사실을 깨달을 수 있었다.

라피니아도, 레오네도, 리제롯테도 아직 어리다.

눈앞에서 벌어지는 일에 고집하는 것이 당연했다. 시야가 좁은 게 당연했다. 하지만 그것으로 충분했다.

오히려 맥웰과 티파니에가 비웃는 그 우직함을 관철하는 자야말로 세상을 바꾸는 것이라고 잉그리스는 생각했다.

누구나 어른이 될 수밖에 없는 세상에서 얼마나 우직함을 유지해 나갈 수 있는가가 관건이었다.

"크큭……. 저 소녀가 그런 사람이라는 뜻입니까?"

"글쎄요? 그럴까요?"

잉그리스도 자기 생각이 진실인지 아닌지는 잘 몰랐다.

그리고 솔직히 말하면 아무래도 좋았다.

어느 쪽이든 잉그리스는 손녀딸 같은 라피니아의 성장을 지켜보며 살아갈 것이다. 그것만으로도 만족하니까.

"극히 일부를 제외하면 그런 사람들은 짓밟혀 사라질 뿐이야."

"네, 그렇겠죠. 저한테는 희소식이지만요."

주변에서 라피니아를 짓밟으려 든다면 잉그리스는 그 상대와 맞서 싸워야 한다.

그러면 잉그리스는 행복하고, 라피니아에게도 도움이 된다.

즉, 두 사람 모두에게 만족스러운 결과라는 뜻이다.

"모처럼 세상을 바꿀 거라면 삼대공파가 부유 마법진을 하사받을 수 있게 바꿔줘~. 부유 마법진만 있었다면 나도 이런 짓까지 하지는 않았을 거라구~."

윌킨 박사는 부탁하듯이 합장하면서 라피니아에게 말했다.

"박사님이 부유 마법진을 만들어 버리면 되잖아요! 그렇게 똑똑하시면서!"

"아하하, 맞는 말이네. 면목이 없는걸. 교주련에서 열심히 연구해서 언젠가 부유 마법진을 만들도록 노력해 볼게~."

싱글벙글 웃으며 뒷머리를 긁적이는 윌킨 박사.

"안 됩니다, 아버지! 이곳에 남아서 일루미너스의 복구를 도와주세요!"

"반대야, 빌마. 오히려 빌마가 나와 함께 가야지."

"예……?!"

"왜 놀라? 당연하잖아. 우리는 부모와 자식인걸? 나는 딸을 버리는 인간이 아니야."

"무, 무슨 소리를……! 교주련이든, 대공파든 그런 건 중요하지 않습니다! 저는 이곳 일루미너스의 기사 대장으로서 의무를 다하려는 것뿐입니다!"

빌마가 반론하자 윌킨 박사는 고개를 가로저었다.

싱글벙글하던 그의 얼굴이 냉정하고 진지하게 바뀌었다.

"하지만 그 의무는 빌마가 원해서 짊어진 게 아니잖아. 선천적으로 병약해서 기계 몸으로 갈아타지 않으면 살아남을 수 없는 상황이었지. 그리고 기계 몸을 받았기 때문에 기사로서 국가에 헌신해야만 했어. 여러모로 고생이 많았을 거야. 안 그래, 빌마?"

"아, 아버지……."

"네게 하이 마나코트를 줬으면 좋았겠지만, 그러지 못했어. 기공님이 용납하지 않으셨거든. 내 딸만 특별 취급을 할 수 없었기 때문이었을지도 모르지만, 뭐 어떡해. 일루미너스에서 기공님은 절대적인걸. 그런 양반이 부유 마법진을 하사받지 못해서 지상에 추락한다니, 통쾌하지 않아? 그래서인지 부유 마법진을 개발하는 연구에는 좀처럼 몰입이 안 되더라고~. 내가 진심을 발휘했다면 어떻게 됐을까? 아하하, 실패한 사람의 변명이지만."

점점 평소의 싱글벙글한 얼굴로 되돌아가는 월킨 박사.

"······철회할게. 저런 얼굴이라도 좋은 사람이 있구나."

라피니아가 작은 목소리로 중얼거렸다.

"후후, 금세 생각이 바뀌었나 보네."

"어쩔 수 없잖아. 저 얼굴을 보면 싫은 기억만 떠오르는걸."

"나한테는 즐거운 기억이었는데?"

"그러니까 그건 크리스라서 그렇대도!"

두 사람이 말다툼하는 사이, 월킨 박사가 빌마에게 손을 내밀었다.

"그러니 아빠와 함께 가자, 빌마. 지금까지 고생했어. 상냥한 마음을 가진 네게는 힘든 나날이었을 거야. 이제 괜찮아. 교주련으로 가면 하이 마나코트도 받을 수 있을 거야."

"빌마 씨······."

라피니아는 아무런 말도 하지 못한 채 빌마를 바라보았다.

여기서 빌마가 월킨 박사를 따라가더라도 라피니아는 막을 수 없을 것이다.

"아버지, 저를 생각해 주시는 그 마음은 정말 기뻐요······. 하지만 설령 원치 않았더라도, 힘든 일을 겪었어도 긍지를 가질 수는 있다고 생각해요! 저는 일루미너스의 기사 대장으로 남겠습니다!"

"그래. 빌마도 강해졌구나~."

빌마의 대답을 들은 윌킨 박사는 힘없이 어깨를 늘어트렸다.

"딸의 성장이 기쁘긴 하지만 그렇다고 모른 척할 수는 없어. 이곳에 놔두고 가면 어떻게 될지는 뻔하니까."

그렇게 말한 뒤, 윌킨 박사는 티파니에 일행을 쳐다보았다.

"자네들~. 번거롭겠지만 저 애도 데려다주지 않을래? 불쌍한 부모 자식을 돕는다고 생각하고."

"……예. 알겠습니다."

샤를롯테가 조용히 고개를 끄덕였다.

"데려가는 과정에서 팔다리가 부러질지도 모르는데, 괜찮겠죠?"

티파니에가 수상한 미소를 지으며 말했다.

"뭐, 기계니까 괜찮아. 잘 부탁해~."

"빌마 씨는 기계를 조종해 마을을 지원하고 있습니다……. 이를 저지하기 위해서라도 나쁜 제안은 아니군요."

맥웰도 반대하지 않는 모양이었다.

"큭……! 그렇게 놔둘 줄 알고!"

"크리스! 빌마 씨를 지키자! 그리고 에리스 씨와 마이스, 피난 중인 하이랜더들, 베네픽의 멜티나 황녀도 구해야 해! 샤를롯테 씨도!"

"응. 알았어. 후후…… 라니는 할 일이 많아서 큰일이네."

"주민들의 피난 시설은 지하에 있다! 글레이프릴 석관이 있는 방의 바로 위층이다! 황녀님도 글레이프릴 석관 안에 계신다……!"

빌마가 중앙 연구소 쪽을 가리키며 외쳤다.

"즉, 이 자리에서 중앙 연구소를 지키면 된다는 뜻이네요."

알기 쉬워서 좋았다.

이쪽은 빌마를 노리고 덤벼드는 상대를 격퇴하기만 하면 된다.

"글쎄요. 과연 그렇게 간단할까요?"

맥웰이 모노클에 손을 얹으며 씨익 웃었다.

쿠구구구궁……!

발밑에서 또다시 진동이 발생했다.

"……!"

"뭐지……?!"

처음에 일루미너스 전체를 뒤덮었던 폭발 정도는 아니지만, 진동의 강도는 점차 강해져 가고 있었다.

"밑에서……?!"

"뭔가가 올라오고 있어요!"

콰아아아아아아앙!

이윽고 바닥에 커다란 구멍이 뚫리며 맥웰이 조종하는 거인이 튀어나왔다.

"아까 전의 거인이잖아! 크리스가 날려버렸을 텐데……!"

어느샌가 대공장 근처에서 자취를 감추었던 거인이 지면을 뚫고 등장한 것이다.

"과연. 모습을 바꿔 지하로 들어가서 여기까지 이동한 거군요. 대화를 나누는 도중에 거인을 조종하다니, 얍삽하네요……!"

"전장에서 적과 웃고 떠드는 취미는 없거든요! 특히 저를 열받게 만든 당신과는 말이죠……!"

하긴, 잉그리스가 거인을 기습하고, 맥웰을 자극하는 발언을 한 건 사실이었다.

그 이외에도 베네픽의 군인이었던 로슈폴과 아루루를 포획하고, 공중전함을 나포하고, 필살의 책략이었을 얼어붙은 프리즈마마저 격퇴해 버렸다.

이러한 잉그리스의 활약들이 베네픽의 장군인 맥웰을 격노하게 한 것일지도 몰랐다.

"흠, 그렇네요. 당신이 베네픽을 제일로 생각하는 충신이라면 제가 눈엣가시 같은 존재일지도 모르겠어요."

그렇게 말하며 맥웰을 바라보던 잉그리스는 한 가지 사실을 깨달았다.

맥웰은 로슈폴과 같은 특급 마인의 소유자다.

따라서 그의 손등에는 무지갯빛으로 빛나는 마인이 새겨져 있었다.

그런데…… 그 마인이 사라졌다 나타났다를 반복하며 점멸하고 있었다.

특급 마인이 저렇게 점멸하는 모습은 여태껏 본 적이 없었다.

맥웰의 모노클은 불사자를 만들어 조종하는 강력한 마인무구다.

드래곤 팽이나 드래콘 클로처럼 최상급 마인무구로 분류할 수 있을 것이다.

불사자를 조종하는 마인무구의 그 불길한 기운이 맥웰의 신체에 침투하여 마인무구를 점멸하게 만드는 것처럼 보였다.

"잠깐, 그게 아닌가……?! 당신은 도대체……?"

"크크크큭……. 대화를 나눌 상황이 아닌 것 같은데요?"

"크리스! 바닥이……! 무너지고 있어!"

거인이 뚫고 나온 구멍에서 균열이 생기기 시작하더니 점차 사방으로 뻗어나갔다.

쿠구구구구구구구구……!

이미 폭발로 손상되어 있던 일루미너스가 더욱 심하게 파괴되어 갔다.

균열로 인해 섬으로부터 떨어져 나간 지반이 바닷속으로 침몰하기 시작한 것이다.

"서, 섬이 붕괴하고 있어!"

레오네의 말대로였다.

잉그리스 일행이 서 있는 중앙 연구소에서 분리된 지역이 바다의 품으로 돌아가고 있었다.

아무리 오래되었다고는 하지만 부유 마법진의 영향력은 여전히 건재했다. 하지만 이렇게 물리적으로 분리되어 버리면 가라앉을 수밖에 없었다.

"저, 저희가 있는 곳도 기울어지고 있어요!"

이번에도 리제롯테의 말대로였다.

부유 마법진이 위치한 중앙 연구소도 흔들림과 함께 한쪽으로 기울고 있었다.

다른 곳처럼 단숨에 가라앉지는 않겠지만 주변의 지반이 떨어져 나가면서 균형이 무너져 버린 것이다.

이대로 가다가는 중앙 연구소도 바닷속으로 침몰할 우려가 있었다.

아무래도 한가롭게 싸움만 즐길 수는 없을 듯했다.

"이런, 이대로는 위험하다! 주민들을 피난시켜야 해! 이곳이 침몰하면 전멸이야!"

"하지만 빌마 씨! 어, 어디로 피난하죠?! 대공장이 가라앉았잖아요. 그러니 저희가 타고 온 배도……!"

"괜찮아. 아직 저게 있잖아……!"

잉그리스가 일루미너스의 상공에 있는 공중전함을 가리켰다.

맥웰 일행이 타고 온 아젤스탄 상회의 공중전함이었다. 화를 면하기 위해서 대공장의 반대편 하늘에 대기 중이었다.

저 전함을 빼앗아 주민들을 피난시키면 된다.

"간단히 탈취할 수 있다고 생각하면 오산입니다! 귀중한 배를 몇 번이나 내어드릴 수는 없거든요."

"……! 구름 위로 도망치고 있어……!"

저 함선을 빼앗아 주민들까지 태우려면 꽤 고생해야 할 듯했다.

단순히 격추하는 거라면 어렵지 않지만, 그럴 수는 없었다.

시간을 너무 지체하면 이곳이 침몰해 버릴 수도 있다.

"맞아, 기계룡! 우선 기계룡에 주민들을 태우겠어! 적어도 일루미너스와 함께 침몰하는 사태만은 피할 수 있다!"

"그 방법이 있었네요!"

라피니아가 고개를 끄덕였다.

기계룡들은 여태껏 진화 작업에 착수하고 있었지만, 마을 자체가 침몰해 버린 현재, 진화 작업은 더 이상 아무런 의미가 없었다.

그러니 기계룡들을 이용해 주민들을 피난시키는 편이 합리적이었다.

기계룡 정도의 크기면 다수의 주민을 태우고 이동할 수 있을 것이다.

얼굴 없는 거인이 튀어나온 구멍을 이용한다면 기계룡들도 지하에 피난 중인 주민들과 접촉할 수 있었다. 불행 중 다행이었다.

애초에 거인이 저 구멍을 뚫어서 이 위기가 초래된 것을 생각하면 다행도 뭣도 아니지만.

"좋아, 기계룡 부대! 저 구멍을 통해서 피난 시설로 이동하라!"

빌마의 검은색 갑옷이 목소리에 반응해 밝게 빛났다. 이윽고 지시받은 기계룡들이 일제히 이곳을 향해 날아왔다.

도착한 기계룡들이 구멍 속으로 뛰어들려 하자, 얼굴 없는 거인이 기계룡들을 낚아채려 들었다.

"막아라, 거인이여!"

"그렇게는 안 됩니다!"

에테르 셸!

잉그리스의 몸이 에테르의 푸르스름한 빛으로 휩싸였다. 잉그리스는 거인보다 늦게 행동에 나섰지만, 무사히 기계룡과 거인 사이로 파고드는 데 성공했다.

이대로 거인을 날려버리고 기계룡을 지켜낼 생각이었다.

"하아아아아아압!"

하지만 잉그리스가 휘두른 자그만 주먹은 거인에게 닿지 못했다.

황금색 할버드의 자루가 잉그리스의 주먹을 가로막고 있었다.

까아아앙!

샤를롯테였다.

에테르 셸을 발동시킨 잉그리스의 움직임을 따라잡은 것이다.

"큭……! 이 작은 주먹이 이렇게 무겁다니……!"

"제법이네요! 훌륭해요!"

샤를롯테의 실력은 대단했다. 잉그리스에게는 기쁜 사실이었다.

샤를롯테는 다른 하이랄 메나스들보다도 한 단계 위의 실력을 보유하고 있었다. 그녀가 정말로 리제롯테의 어머니라면 하이랄 메나스의 적성은 유전되는 것일까?

리제롯테의 적성도 무척 높다고 들었다. 그렇다면 유전적인 요인이 일반적인 하이랄 메나스와 격을 달리하는 강함으로 이어지는 걸지도 몰랐다.

만약 리제롯테가 하이랄 메나스가 된다면 샤를롯테에게 필적하는 힘을 얻게 될지도 몰랐다.

잉그리스와 샤를롯테의 공격은 서로 상쇄되었고, 두 사람은 각자 지상에 착지했다.

결국 잉그리스는 얼굴 없는 거인을 저지하는 데 실패했다.

거인은 기계룡 한 대를 붙잡아 땅바닥에 있는 힘껏 깔아뭉갰다.

콰과아아앙!

기계룡이 부딪힌 충격으로 발밑이 크게 흔들렸다.

"아앗! 기계룡이!"

바로 그때, 길게 뻗은 거인의 팔로 검은색의 거대한 칼날이 날아들었다.

"에에에에에에잇!"

레오네의 대검이었다.

거인이 팔을 뻗는 순간을 정확하게 노린 일격이었다.

"레오네! 나이스!"

"잘했어요!"

"하지만……! 벨 수가 없어……!"

레오네의 대검은 거인의 팔에 박히긴 했어도 완전히 절단하지는 못했다.

한편 거인에게 붙잡힌 기계룡은 어떻게든 벗어나고자 바닥에서 몸부림쳤다.

"앗! 그렇지……! 그 방법이라면!"

라피니아가 빛의 활의 시위를 당겼다.

"레오네! 검을 거두지 말고 계속 밀어붙여!"

라피니아는 그렇게 말하며 연한 하늘빛의 화살을 발사했다.

치유 효과가 부여된 빛의 화살이었다.

이윽고 화살이 레오네의 대검에 닿자 검은색의 칼날에 치유의 빛이 깃들었다.

그 결과, 대검은 한층 더 깊숙히 거인의 팔을 파고들었다.

"칫! 치유의 힘을 지닌 마인무구였나!"

맥웰이 가증스럽다는 듯이 혀를 찼다.

"불사자한테는 치유의 힘이 효과적이잖아……? 그렇다면 저 거인도 마찬가지……!"

"용케 기억해 냈구나, 라니……! 잘했어!"

주먹으로 샤를롯테의 할버드를 상대하며 라피니아를 칭찬하는 잉그리스. 라피니아도 착실하게 성장해 나가고 있었다.

"이거라면 벨 수 있어……!"

"저도 가세할게요! 야아아아아앗!"

새하얀 날개를 소환해 뛰어오른 리제롯테가 급강하하며 할버드를 휘둘렀다.

리제롯테의 할버드가 레오네의 대검을 내리친 순간, 얼굴 없는 거인의 팔이 완전히 잘려 나갔다.

""해냈어……!""

세 사람이 입을 모아 외쳤다.

거인의 손아귀에서 해방된 기계룡은 다시 날아오르기 위해 날개를 크게 펼쳤다.

그런데 그때였다. 기계룡의 목 언저리에서 황금색 빛이 번뜩였다.

콰지직!

동시에 기계룡의 머리가 튕겨 나가듯이 동체에서 분리되었다.

머리를 잃은 기계룡의 몸은 힘없이 쓰러졌고, 두 번 다시 움직이지 않았다.

""아아앗?!""

"후후, 불쌍해라……. 헛된 기쁨이었네."

황금빛의 갑옷을 입은 티파니에가 미소를 지으며 말했다.

티파니에가 무기화한 모습은 검이나 창이 아닌 갑옷이었다.

갑옷의 하이랄 메나스인 것이다.

현재 기사 아카데미의 교관이 된 아루루도 방패의 하이랄 메나스였다. 이처럼 하이랄 메나스는 방어구로 변하는 경우도 있었다.

갑옷을 두른 티파니에는 방어력뿐만 아니라 속도와 힘까지 큰 폭으로 상승했다.

잉그리스의 에테르 셸이나 빙룡 갑옷처럼 신체 능력을 끌어올리는 효과가 있는 것이다.

티파니에는 그렇게 강화된 신체 능력으로 기계룡의 머리를 걸어차 날려버렸다. 단단한 갑옷을 착용한 만큼 그 위력은 더욱 배가되었다.

잉그리스는 샤를롯테와 치열하게 공격을 주고받으며 곁눈질로 그 모습을 지켜보고 있었다.

여차하면 언제든지 개입하기 위해서였다.

라피니아도 기사로서 살아가기로 한 이상 싸움을 피할 수는 없었다.

하지만 라피니아가 특급 마인을 가진 기사나, 하이랄 메나스 같이 차원이 다른 상대와 싸우는 모습을 지켜보려니 심장에 좋지 않았다.

아무래도 걱정이 될 수밖에 없었다.

"애초에 팔을 잘라낸들 의미는 없지만 말이죠."

얼굴 없는 거인이 바닥에 떨어진 손목에 절단면을 들이대자, 아무 일도 없었던 것처럼 복구되었다.

"원래대로 돌아가 버렸어!"

"힘들게 잘라냈는데!"

"통하지 않았던 건가요……?!"

거인이 맥웰의 조종을 받아서 움직이기는 하지만, 그 실체는 마나 액기스라는 액체다.

따라서 베거나 찔러봤자 큰 효과는 없다.

이런 상대는 에테르 스트라이크나 신룡 후페일베인의 브레스와 같은 강력한 힘으로 소멸시키는 방법밖에 없다.

아니면 라피니아의 치유의 화살도 가능성은 있다. 한 발로는 어렵겠지만 수십 발을 쏟아부으면 쓰러트릴 수 있을지도 모른다.

"아니! 그래도 너희 덕분에 시간을 벌었다! 아직 한 기가 파괴 됐을 뿐이야!"

라피니아 일행이 공방을 지속해 나가는 사이, 나머지 기계룡들이 거인이 뚫어놓은 구멍으로 차례차례 뛰어들었다.

여전히 6기의 기계룡이 건재했고, 곧 마지막 한 대가 구멍 속으로 뛰어들었다.

"여기는 맡기마! 나는 주민들을 피난시키러 가겠다!"

빌마는 그렇게 말한 뒤 마지막 기계룡의 어깨 위로 뛰어내렸다.

"너희도 가! 여기는 내가 막을게!"

"응……! 뒤는 맡길게, 크리스!"

"라피니아, 레오네! 저를 붙잡아요!"

"알았어……!"

리제롯테가 라피니아와 레오네를 데리고 빌마의 뒤를 쫓았다.

이제 조금은 안심하고 대련을 즐길 수 있게 되었다.

잉그리스는 샤를롯테, 티파니에, 맥웰, 얼굴 없는 거인과의 싸움을 남에게 양보하고 싶지 않았다. 무엇보다 라피니아를 위험한 상대와 싸우게 하고 싶지 않았다.

그러니 지금이 베스트였다.

"티파니에. 당신은 저들을 쫓도록 하세요."

명령을 받은 티파니에는 노골적으로 불쾌한 표정을 지었다.

샤를롯테의 말에 따르는 것이 내키지 않는 모양이었다.

"자, 자, 티파니에 씨. 그러지 말고 저와 싸워주세요. 다 같이 사이좋게 싸우면 좋잖아요."

잉그리스는 조신하게 웃으며 티파니에를 타일렀다.

"흥. 보내주지 않겠다는 뜻이야?"

"역시 티파니에 씨네요. 이해가 빠르세요."

"……뭐, 좋아. 저 애 말대로 하는 건 나도 열받거든!"

결국 잉그리스의 부탁이 아닌 샤를롯테의 지시를 택했는지 티파니에는 라피니아 일행을 쫓아가려 했다.

"그렇게는 안 됩니다!"

쩌저저적!

차디찬 소리와 함께 허공에 얼음덩어리가 출현했다.

구멍 중심부에 소환된 얼음은 눈 깜짝할 사이에 사방으로 확산되었다.

""이런……?!""

이윽고 구멍을 뒤덮을 정도로 거대해진 얼음은 마치 뚜껑처럼 입구를 막아버렸다.

"후우……!"

예전에 마석수로 변한 세이린을 봉인했을 때보다도 커다란 얼음덩어리.

순수한 마법으로 이만한 얼음을 소환했다면 상당량의 에테르가 소모되었겠지만, 현재 잉그리스는 마나와 드래곤 로어를 융합한 용마법을 사용할 수 있다.

즉, 에테르 셸을 발동한 채로 얼음덩어리를 소환해 낸 것이다.

세이린을 봉인했을 때는 모든 힘을 쏟아붓기도 했거니와, 움직임을 멈추고 집중해야 했었다.

하지만 지금은 여유가 남아있었다.

심지어 이번에 소환한 얼음덩어리의 크기도 당시보다 훨씬 컸다. 잉그리스의 힘과 그것을 다루는 기술이 크게 성장했다는 뜻이다.

자신의 성장을 실감할 수 있다는 것은 기쁜 일이다.

잉그리스는 기사 아카데미에 입학하기 위해서 유미르를 떠난 이후로 가는 곳곳마다 다양한 적들과 싸웠다. 그 경험이 결실을 본 것이다.

역시 실전을 뛰어넘는 수행은 없다.

게다가 싸움과는 인연이 없으리라 생각했던 하이랜드에 오자마자 반란이 발생했다.

아마도 지금이 바로 역사의 전환점이라 할 수 있는 시기이리라.

그런 시기에는 거대한 전쟁이 일어나기 마련이다.

실제로 이렇게 불바다 한복판에 있지 않은가.

어쩌면 여신 아리스티아가 극한의 무를 추구하고 싶다는 잉그리스의 소원을 이뤄주기 위해서 이 혼란스러운 시대로 전생시켜 준 것일지도 모른다.

만약 그게 사실이라면 너무나도 멋지고 감사한 조치였다.

"후후후……. 자, 이걸로 마음껏 싸울 수 있네요. 일루미너스가 침몰하기까지는 아직 시간이 있겠죠?"

귀엽게 미소 짓는 잉그리스를 보면서 맥웰이 지긋지긋하다는 듯 혀를 찼다.

"이 정신 나간 전투광 같으니! 프리즈마와 접촉하면서 인격을 침식당한 건가?!"

흘려듣지 못할 발언이었다. 잉그리스는 가슴을 펴고 당당하게 항의했다.

"무례하시네! 그렇지 않아요! 저는 원래 이런 성격이라고요!"

"그게 더 악질이야!"

"뭐가 됐든, 이제는 쓰러트릴 수밖에 없겠는걸……. 쫓아가고 싶어도 쫓아갈 수가 없잖아요?"

티파니에가 비아냥 섞인 웃음을 지으며 샤를롯테에게 말했다.

"면목이 없네요. 하지만 이만한 공격을 펼치면서 저토록 거대한 얼음덩어리를 만들 줄이야……. 이건 마치……."

"아무래도 좋아. 얼음은 부숴버리면 된다!"

맥웰의 지시를 받은 거인이 구멍을 틀어막은 얼음덩어리를 향해 주먹을 휘둘렀다.

"그렇게는 안 된다고 말했을 텐데요!"

어렵게 성사된 전투다.

눈앞의 강적들을 간단히 놓칠 생각은 없다.

땅을 박차고 달려간 잉그리스는 거인을 앞질러 거대한 주먹과 마주했다.

그리고 그 주먹에 본인의 작은 주먹을 격돌시켰다.

콰과아아아아앙!

거인의 주먹이 폭발하듯 산산조각 났다.

액채 형태로 되돌아간 마나 액기스가 빗방울처럼 사방으로 흩어졌다.

그리고 거인은 잉그리스의 공격으로 자세가 무너져 엉덩방아를 찧고 말았다.

결과적으로 거인의 공격으로부터 얼음을 지켜내는 데 성공했다.

그런데 그때.

"순풍! 뇌창!"

샤를롯테가 주먹을 내지른 잉그리스의 옆구리를 노리고 측면에서 돌진해 왔다.

에테르 셸을 발동한 잉그리스와 비견될 만한 속도였다.

게다가 샤를롯테가 움켜쥔 할버드는 끝부분에 매서운 번개를 두르고 있었다.

지금까지의 전투에서 샤를롯테는 순풍이라는 강력한 바람을 둘러 가속하였고, 잉그리스의 몸에는 중력 마법을 걸어서 움직임을 둔화시켰다.

자기 자신을 강화하면서 상대의 움직임을 둔화시키는 것이 샤를롯테의 전법이었다.

단, 움직임을 둔화시키는 중력 마법은 에테르 셸을 발동시킨 잉그리스에게는 통하지 않았다.

에테르 셸 자체가 강력한 방어막이기 때문이다.

따라서 에테르 셸을 발동시킨 잉그리스 앞에서 샤를롯테의 전법은 무의미했다. 자신을 강화하는 효과만 발동했기 때문이다.

샤를롯테도 그 사실을 알고 있었다.

그래서 재빨리 중력 마법을 포기하고 할버드에 번개를 둘러 공격력을 끌어올렸다.

중력 마법을 포기하고 번개를 둘렀다는 말인즉, 샤를롯테가 동시에 사용할 수 있는 기술은 두 개까지가 한계라는 뜻일까?

뭐가 됐든 적절한 판단이었다.

역시 샤를롯테는 뛰어난 역량을 보유한 인물이었다.

심지어 그녀의 할버드도 주먹을 내뻗은 잉그리스의 빈틈을 정확히 노리고 있었다.

이대로라면 잉그리스가 자세를 바로잡기 전에 공격당할 것이다.

"잡았다……!"

샤를롯테가 확신에 찬 목소리로 말했을 정도였다. 하지만…….

"드래곤 로어!"

잉그리스의 등 뒤에서 희고 반투명한 용의 꼬리가 출현했다.

신룡 후페일베인에게서 물려받은 드래곤 로어였다.

드래곤 로어를 능숙하게 다룰 수 있게 되면서 신체 일부를 모방할 수 있게 됐고, 그렇게 활용하는 편이 단순하면서도 강력했다.

하지만 이번에는 일부러 기다란 꼬리를 만들었다.

짧아진 팔다리를 구현해 봤자 샤를롯테와 제대로 치고받기도 힘들기 때문이다.

게다가 지금 잉그리스가 하려는 행동에 큰 위력은 필요치 않았다.

드래곤 로어로 만든 용의 꼬리는 힘차게 굽이쳐 샤를롯테의 할버드를 후려쳤고, 그로 인해 창끝의 궤도가 살짝 틀어졌다.

"……?!"

작은 체구의 잉그리스는 그 약간의 틀어짐만으로도 충분했다.

할버드가 잉그리스의 가슴 앞쪽을 스쳐 지나갔고, 뒤이어 샤를롯테가 잉그리스의 코앞을 통과해 날아갔다.

샤를롯테가 빈틈을 찔러 공격해 오리라는 것은 처음부터 예상했다.

그래서 잉그리스는 드래곤 로어로 공격을 흘릴 준비를 했다.

일대일도 좋지만 이렇게 다수를 상대하는 것도 나쁘지 않다. 이처럼 복잡한 수 싸움을 즐길 수 있으니까.

결국 샤를롯테는 잉그리스 앞을 통과하면서 반대편에서 돌진한 티파니에와 충돌하고 말았다.

"큭……! 교활한 아이로군요!"

"여자끼리 부둥켜안는 취미는 없다고요……!"

충돌 자체는 큰 피해가 되지 못했다.

하지만 두 사람이 서로의 움직임을 방해하면서 커다란 빈틈이 발생했다.

"하아아아압!"

콰아아아앙!

잉그리스가 두 사람을 한꺼번에 걸어찼다.

부둥켜안고 있던 두 사람은 대포알처럼 날아갔다. 그 너머에는 엉덩방아를 찧은 거인이 있었다.

이윽고 두 사람이 거인의 가슴팍에 충돌했다. 거인이 두 사람을 받아주는 모양새였다.

하지만 이 또한 잉그리스의 계산대로였다.

"몰이 성공! 지금이다! 에테르 스트라이크!"

쿠고고고고오오오오오!

에테르로 이루어진 거대한 광탄이 세 명의 적을 엄습했다.

"크으으으윽……! 너무 강력해!"

"어떻게든 튕겨내야 해!"

샤를롯테는 잠자코 죽음을 맞이할 생각이 없는지 할버드를 방패 삼아 어떻게든 받아넘기려 했다.

티파니에도 불평 없이 샤를롯테를 도왔다.

그리고 뒤쪽에서는 얼굴 없는 거인이 그녀들을 지탱했다.

거인은 몸의 형태를 바꿔 에테르 스트라이크를 피할 수 있지만, 지금 같은 방법을 썼다가는 샤를롯테와 티파니에가 수평선 너머로 날아가 버릴 터였다.

그렇다고 직접 나서서 막을 수도 없었다. 샤를롯테와 티파니에도 간신히 버티는 공격을 직격당하면 그대로 소멸할지도 모른다.

다만, 잉그리스는 이대로 끝나지 않을 것이라고 믿었다.

거인을 조종하는 맥웰이 별다른 움직임을 보이지 않은 채 지켜보고 있었기 때문이다.

아직 무언가 비장의 패를 숨기고 있는 게 분명했다.

맥웰에게서 이대로 끝내지 않겠다는 무언가가 느껴졌다.

그리고 잉그리스도 그에게 기대를 걸고 있었다.

"자, 어떻게 하실 거죠?"

잉그리스가 맥웰을 바라보며 부드럽게 웃어 보였다.

"…………!"

맥웰은 잉그리스의 그 귀여운 모습을 보면서 등줄기가 서늘해지는 것을 느꼈다.

귀여운 것은 겉모습뿐. 이 소녀의 행적은 귀엽다는 말로 포장할 수 없다.

소녀의 웃음에는 불쌍한 먹잇감을 눈앞에 둔 포식자의 여유가 담겨있었다.

저 어린애가, 아니, 무인자에 불과한 16세의 소녀가 어째서 이만한 힘을 보유하고 있는 것일까.

'도대체 뭐야, 도대체 뭐야, 도대체 뭐냐고! 프리즈마를 쓰러트린 호걸이라는 말은 들었지만, 그런 건 우스울 정도로 괴물이잖아! 교주련에서 카랄리아를 굴복시키기 위해 보내준 저 하이랄 메나스들보다 괴물인 게 말이 되냐고! 세상에 이런 녀석이 존재한다는 말은 들어본 적도 없어……! 일개 인간이 이만한 힘을 지니고 있다니, 있을 수 없는 일이란 말이다! 이대로라면 나의 조국 베네픽이! 이 소녀 한 명에게 멸망당할지도 모른다고!'

"절대로 그냥 놔두지 않겠다!"

저 소녀는 자신이 목숨을 바쳐서라도 쓰러트려야 한다.

맥웰은 그렇게 생각하지 않을 수 없었다.

게다가 맥웰은 잉그리스에게 원한이 있다. 자신을 모욕한 죄는 몇 년이 지나도 사라지지 않는다. 그러니 더더욱 직접 쓰러트려야 했다.

"네? 무슨 말인가요?"

어리둥절해하는 잉그리스의 등 너머로 어렴풋이 품위 있는 노인의 모습이 보이는 듯했다. 그리고 어째서인지 자신이 먼 옛날부터 잉그리스를 원망하고 있는 기분이 들었다.

이곳 일루미너스에 와서 처음으로 만난 상대건만. 어찌 된 영문일까.

맥웰은 머리를 흔들고 다시 잉그리스를 쳐다보았다. 어느새 노인의 환영은 사라졌다.

'착각이겠지! 하지만……! 해치워야 할 상대라는 점은 변하지 않는다! 아직 가설에 불과한 방법이지만…… 시험해 본 적조차 없지만……!'

사랑하는 조국을 위해 목숨을 바치는 것이 기사도다. 맥웰은 그 의무를 다하려는 것뿐이었다.

"그런 표정을 지을 수 있는 것도 지금뿐이다! 잘 봐라! 멍청한 녀석과는 다른 진정한 베네픽 기사의 삶을 말이다!"

멍청한 녀석이란 로슈폴을 뜻하는 말일까?

잉그리스는 로슈폴이 꽤 마음에 들었다.

로슈폴은 매번 불평하고 쓴소리하면서도 결국에는 잉그리스의 훈련 상대가 되어주었다.

한편 잉그리스는 맥웰도 싫지 않았다.

자신을 쓰러트리겠다고 적대해 주니 잉그리스로서는 대환영이었다.

"응원할게요!"

"시끄러워! 그 입 다물어!"

응원해 줬더니 버럭 소리를 질렀다. 살짝 서운했다.

어쨌든 거인에게 달려가 높이 뛰어오른 맥웰은, 거인의 무릎을 딛고 다시 한번 도약해 자신의 등을 거인의 흉부 쪽으로 가져갔다.

그러자 맥웰의 몸이 거인의 가슴팍 안으로 빨려 들어갔다.

"……! 융합한 건가?!"

그와 동시에 거인의 커다란 손이 샤를롯테와 티파니에를 움켜잡았다.

파아아앗!

불현듯 거인의 온몸에서 눈부신 황금빛이 피어올랐다.

잉그리스는 이 빛을 본 적이 있었다.

"하이랄 메나스의 무기화?!"

맥웰은 특급 마인의 소유자다.

로슈폴과 같은 베네픽의 장군이었다.

그러니 무기화한 하이랄 메나스를 다뤄도 이상하지 않았다.

다만, 이번의 황금빛은 지나치게 밝았다.

거대한 빛의 기둥이 솟아오를 정도였다.

그리고 빛의 기둥 속에서 거인의 손 크기에 걸맞은 할버드가 나타났다.

"오오오오……! 거인이 하이랄 메나스를?!"

잉그리스도 예상치 못한 전개였다.

맥웰에게 이런 능력이 있었다니!

저 거인은 과연 얼마나 강할까!

잉그리스는 하이랄 메나스를 무기화시킨 로슈폴과 싸워본 적이 있었다. 그때와 비슷한 전투를 경험할 수 있을까? 몹시 기대되었다.

빛이 사그라든 순간, 거인은 잉그리스가 날린 에테르 스트라이크를 후려쳐 버렸다.

에테르 스트라이크는 방향을 바꿔 잉그리스를 향해 쇄도해 왔다.

쿠고고고오오오오오오!

"멋지군요……! 이렇게 나와야죠!"

"하하하하! 죽어라, 죽어라, 죽어라!"

거인의 흉부에 박힌 맥웰이 큰 소리로 웃었다.

맥웰의 상반신은 겉으로 돌출되어 있었지만, 하반신은 거인의 몸속에 박혀있었다.

저렇게 일체화함으로써 거인의 몸으로 특급 마인을 사용할 수 있게 된 것일까.

멋진 발상이자 응용력이 아닐 수 없었다.

"순순히 죽을 생각은 없어요!"

죽어버리면 대련을 즐길 수가 없으니까.

잉그리스는 에테르 셸을 발동시켜 코앞까지 날아온 에테르 스트라이크를 후려쳤다.

에테르 셸의 파장은 에테르 스트라이크와 반발하도록 조절해 놓았다.

이렇게 함으로써 에테르 스트라이크를 다시 한번 받아칠 수 있었다.

쿠고고고오오오오오오!

"어림없는 짓이다!"

얼굴 없는 거인이 거대화한 할버드를 휘둘러 에테르 스트라이크를 도로 쳐냈다.

"그렇다면 저도!"

지구력 싸움!

콰과아앙! 콰과아앙! 콰과아앙!

잉그리스와 얼굴 없는 거인 사이를 끊임없이 왕복하는 에테르 스트라이크.

하지만 그저 받아치기만 해서는 재미가 없다. 에테르 스트라이크를 주고받을 때마다 잉그리스와 거인은 조금씩 가까워지고 있었다.

상대도 같은 생각인지 잉그리스를 향해 다가오고 있었다.

에테르 스트라이크가 왕복하는 간격이 점점 더 짧아져 갔다.

쿠과과과과과광!

"하아아아아아아압!"

"천벌을 내려주마아아아아!"

마침내 잉그리스의 주먹과 거인의 할버드가 동시에 에테르 스트라이크를 후려쳤다.

앞으로도 뒤로도 나아가지 못하게 된 에테르 스트라이크는 위쪽으로 치솟아 폭발했다.

"제법이네요! 상대로서 부족함이 없어요!"

하지만 걱정거리가 하나 있었다.

바로 하이랄 메나스의 무기화로 인한 부작용이었다.

하이랄 메나스는 사용자의 생명력을 불태워 목숨을 앗아간다.

시간을 끌면 맥윌의 생명력이 고갈되어 버릴지도 모른다.

물론 예외도 존재한다.

로슈폴이 아루루를 무기화했을 당시, 로슈폴은 중병에 걸려서 당장 죽어도 이상하지 않은 상태였다. 그런데도 로슈폴은 무기화한 하이랄 메나스를 자유자재로 휘둘렀다.

병으로 인해서 소진할 생명력이 없었기 때문이다.

즉, 하이랄 메나스를 무기화에 반드시 사용자의 생명력이 필요하진 않다는 뜻이다. 사용자가 생명력을 쓰지 않았음에도 제

성능을 냈으니까.

이는 생명력을 불태우는 것이 하이랄 메나스와 특급 마인을 보유한 기사가 하이랜드에 반기를 드는 것을 막는 안전장치이기 때문이다.

하이랜드로서는 당연한 조치이긴 했다.

본인들이 하사한 존재에게 쓰러지면 본말전도니까.

하지만 프리즈마에게 대항할 힘이 없으면 지상은 멸망한다.

그렇게 되면 하이랜드도 지상에서 식량 등의 물자를 조달하지 못해 황폐해진다.

다시 말해, 지금이 그들에게는 딱 좋은 균형이다.

에리스와 리플처럼 성기사에게 죄책감을 느끼는 하이랄 메나스들의 고민을 제외하면 말이다.

어찌 됐든, 맥웰과의 전투는 무척 만족스러웠다.

다시 한번 싸우기 위해서라도 무리하게 만들고 싶지는 않았다.

이러는 동안에도 맥웰의 생명력은 조금씩 깎여나가고 있을 터.

"응……? 아닌가?"

거인의 흉부에 박혀있는 맥웰을 관찰했지만, 생명력이 소모되는 기색은 느껴지지 않았다.

그 대신, 맥웰과 융합된 거인의 흉부에 증발하듯 연기가 피어오르고 있었다.

그렇다는 것은…….

"마나 액기스! 이런 사용법이 있을 줄이야……!"

맥웰은 자기 생명력 대신 거인의 몸을 구성하는 마나 액기스를 소모하고 있었다.

마나 액기스는 인간을 재료로 만든 금단의 액체다.

즉 이 액체에 인간의 생명력이라고 부를 수 있는 무언가가 남아있는 것이다.

무기화한 샤를롯테는 현재 마나 액기스를 우선적으로 소모하고 있었다. 아직 맥웰 본인에게는 영향을 미치지 않았다.

즉, 마나 액기스가 남아있는 한 맥웰은 하이랄 메나스의 부작용 없이 계속해서 싸울 수 있다는 뜻이다.

현재로서는 증발하는 현상만 관측될 뿐, 거인의 육체에 뚜렷한 변화는 없었다.

저만한 질량의 마나 액기스라면 유지 시간도 상당할 것이다.

마음껏 싸워도 좋다는 뜻이었다.

마나 액기스는 인간의 형태와 의지를 잃어버린 시체에 불과하기 때문에 불사자를 다루는 능력으로 조종하는 게 가능했다. 마찬가지로 인간의 생명력이라는 성분만이 남아있는 상태였기에 하이랄 메나스를 무기화해도 육체 대신 소모할 수 있었다.

맥웰은 이러한 마나 액기스의 성능을 간파하고 거인과 하나가 된 것이다.

잉그리스나 혈철쇄 여단의 흑가면처럼 신의 힘인 에테르로 부작용을 억누른 것이 아니었다. 오로지 인간의 능력만으로 하이랄 메나스의 부작용을 뛰어넘은 것이다.

마나 액기스가 인간을 희생시켜 만들어졌다는 점을 제외하면, 자신에게 주어진 능력과 수단을 최대한 활용하여 일구어낸 묘수였다.

"훌륭해요! 마나 액기스라는 소재의 특성상 무턱대고 칭찬할 수는 없지만요……!"

"칭찬 따위 필요 없다! 네 목숨을 내놔아아!"

거대한 할버드가 잉그리스를 향해 날아왔다.

"네, 얼마든지요! 가져갈 수 있다면요!"

자세를 낮춘 잉그리스는 양손에 마나와 드래곤 로어를 모아 허공에서 검을 뽑는 동작을 취했다.

그워어어어어……!

용의 이빨을 형상화한 얼음의 검이 모습을 드러냈다.

용마법으로 만들어 낸 빙룡검. 현재 잉그리스가 자력으로 만들어 낼 수 있는 최강의 무기였다.

이것으로 저 할버드를 직접 받아내 보고 싶었다.

무공 질드그리버와 치고받았을 때는 에리스가 손상을 입고 말았다. 하지만 이 빙룡검이라면 남한테 민폐를 끼칠 일도 없었다. 그러니 마음껏 싸울 수 있었다.

"없어져라! 사라져! 소멸해 버려라아아아!"

"하아아아아아압!"

거대한 할버드와 빙룡검이 정면으로 부딪쳤다.

채애애애앵!

그 결과, 잉그리스의 빙룡검이 부서져 버렸다.

일격도 받아내지 못하고 산산조각이 나버린 것이다.

"……!"

잉그리스는 위쪽에서 덮쳐 오는 거대한 도끼날을 몸을 비틀어 종이 한 장 차이로 회피했다. 하지만 그 공격이 지면을 내리치며 발생한 충격까지는 피하지 못했다.

잉그리스의 몸이 충격파에 떠밀려 공중으로 날아갔다.

"후후후후……! 엄청난 위력이에요! 역시 이 정도는 돼야죠!"

얼마 버티지 못할 각오로 빙룡검을 꺼내 들기는 했지만, 설마 일격에 박살이 날 줄은 몰랐다.

신룡 후페일베인의 비늘로 만든 검이라면 어땠을까?

빙룡검이 용린검보다 못한 건 사실이지만, 그래도 6, 7할 정도의 강도와 위력은 갖추고 있었다. 그렇다면 용린검이라도 수차례 합을 겨루다 파괴되어 버릴 가능성이 높았다.

아루루를 무기화시킨 로슈폴과 싸웠을 때는 용린검에 조금의 손상도 없었다. 즉, 샤를롯테의 무기화가 아루루보다 강하다는 뜻이었다.

샤를롯테는 여태껏 잉그리스가 봐왔던 하이랄 메나스들보다 한층 뛰어났다.

그래서 무기화했을 때의 위력도 다른 하이랄 메나스보다 강력한 모양이었다.

잉그리스는 환한 웃음을 띤 채로 연구소의 외벽을 향해 날아갔다.

이대로는 벽에 부딪힐 것이다.

한편, 거인도 날아가는 잉그리스를 쫓아서 돌진해 왔다.

"하앗!"

몸을 비틀어 자세를 바로잡은 잉그리스는 벽을 박차 방향을 전환했다.

"으랴아아아아아아!"

종이 한 장 차이로 빗나간 할버드가 중앙 연구소를 강타했다.

외벽을 파고든 도끼날은 그대로 한참을 나아가 건물 전체를 두 동강 내버렸다. 절단된 건물의 윗부분이 무너지며 엄청난 굉음과 흙먼지를 일으켰다.

"굉장해……!"

거구이기에 가능한 압도적인 규모의 공격.

잉그리스도 저 중앙 연구소를 한 번에 붕괴시키기는 어려울 것이다.

"도망치게 두지 않겠다아아!"

"도망칠 생각 없어요!"

잉그리스는 그렇게 대답하며 손끝으로 자기 몸을 스윽 훑었다.

드래곤 로어는 몸의 움직임에 맞춰 발동한다.

그렇기 때문에 마나를 융합하기 위해서는 특정 동작을 병행할 필요가 있었다.

잉그리스의 손가락이 닿은 부분에서 용의 형상을 한 푸른 갑옷이 실체화했다.

그워어어어어……!

이윽고 완전하게 구현된 갑옷이 용의 포효를 터트렸다.

용마법, 빙룡 갑옷이다.

빙룡검은 일격도 견디지 못하고 박살이 났다.

비슷한 강도인 빙룡 갑옷도 공격을 맞으면 파괴되겠지만, 이 갑옷에는 에테르 셸처럼 신체 능력을 끌어올려 주는 효과도 있었다.

물론 강화 효과는 에테르 셸보다 떨어졌다. 하지만 중요한 건 에테르 셸과 병용할 수가 있다는 점이었다.

잉그리스가 하이랄 메나스를 사용하지 않고 단신으로 싸운다고 가정했을 경우, 에테르 셸과 빙룡 갑옷을 착용한 지금의 상태가 가장 강했다.

"자! 다시 한번 부탁드릴게요!"

"우오오오오오오!"

다시금 잉그리스의 머리 위에서 거대한 할버드가 낙하해 왔다.

"하아아아압!"

터어어엉!

잉그리스는 양손으로 도끼날을 잡아 멈춰 세웠다.

"크으으으윽?!"

거인의 흉부에 박혀있는 맥웰이 눈을 부릅떴다.

"후후후……! 엄청난 힘이네요!"

한순간이라도 힘을 빼면 찌부러질 것만 같았다.

그 정도로 강한 힘이 느껴졌다.

어쩌면 무공 질드그리버에게도 필적하지 않을까.

좌우지간 잉그리스가 강적과 싸우고 있다는 사실을 안다면 질드그리버가 부러워할 게 분명했다.

질드그리버와는 언젠가 재대결할 예정이다. 이 거인은 더할 나위 없는 수련 상대였다.

대결에 져서 그의 신부가 될 수는 없었다.

확실하게 승리할 수 있도록 실전으로 실력을 키워야 했다.

"으그그그그극……!"

팽팽하게 맞서던 할버드가 조금씩 뒤로 밀려났다.

무기로 대결했을 때는 잉그리스가 완패했지만 단순한 힘겨루기는 달랐다.

"자, 좀 더 힘을 발휘해 보세요! 파이팅!"

"으가가가가갓!"

푸슈우욱!

맥웰의 몸 주변에 대량의 연기가 피어올랐다.

맥웰이 자신의 생명을 대신하여 마나 액기스를 소모했다는 증거였다.

"으으윽!"

거인의 키가 조금 작아진 듯 보였다.

적잖은 마나 액기스를 소비한 모양이었다.

"괜찮으신가요……?"

하지만 맥웰은 씨익 웃어 보였다.

"핫! 쓸데없는 걱정이다!"

불현듯 거대한 할버드가 강렬한 빛을 뿜어냈다.

"……?!"

눈 부신 빛에, 잉그리스는 자기도 모르게 눈을 찡그렸다.

"아이들을 구명정으로! 미안하지만 어른들은 기계룡에 매달려 줘!"

빌마가 주민들을 향해 외쳤다.

얼굴 없는 거인이 파놓은 거대한 구멍은 일반인들이 피신한 지하 시설 근처로 이어져 있었다.

빌마는 기계룡들을 일렬로 정렬시킨 뒤, 격벽을 해제하고 피난 작업을 진행하는 중이었다.

아이들은 기계룡이 2인 1조로 운반하는 바구니 모양의 거대한 구명정에 태웠고, 어른들은 기계룡의 몸체에 직접 매달리게 했다.

이 구명정은 기계룡에 내장되어 있던 설비로, 빌마가 명령을 내리자 기계룡의 허리 부근에서 사출되었다.

구명정이라곤 해도 플라이 기어처럼 날거나 움직이지 못하는 단순한 바구니에 불과했지만 그래도 있는 것과 없는 것은 천지 차이였다.

"기사장님! 이곳을 나가면 어디로 가실 생각입니까?!"

"일루미너스 주변의 섬이나 무공님, 법공님께 구조를 요청해 볼 예정이다⋯⋯! 어쨌든 탈출부터다! 서둘러라!"

"아, 알겠습니다!"

빌마의 심각한 분위기에 압도되었는지 아이들뿐 아니라 성인 하이랜더들도 순순히 지시에 따르고 있었다.

다들 당황하긴 했지만, 큰 혼란이 벌어지진 않았다.

빌마의 인망이 대단한 것일까. 아니면 주민들이 말귀를 잘 알아듣는 것일까.

라피니아로서는 판단하기 힘들었지만, 아마도 양쪽 모두일 것이라는 생각이 들었다.

왕도 카이랄이나 유미르에서 비슷한 상황이 벌어졌다면 훨씬 더 큰 혼란에 휩싸였을 게 분명했다.

마이스가 그랬던 것처럼 이곳의 하이랜더들은 대부분 온화한 성품의 소유자인 걸까?

마나 액기스나 지상의 상황을 몰랐을 뿐, 지상인들과 평화롭게 공존할 수 있다고 믿었던 사람들이니까.

"라피니아 씨! 레오네 씨! 리제롯테 씨!"

호랑이도 제 말 하면 온다더니.

마이스가 라피니아 일행을 발견하고 다가왔다.

"마이스! 다친 데는 없어?!"

"괘, 괜찮아요. 그런데 무슨 일이 벌어진 건가요?"

호기심 왕성한 마이스도 지금은 불안한 표정을 짓고 있었다.

"그게……."

윌킨 박사가 일루미너스를 배신했다는 것이나, 교주련 측에서 침공해 왔다는 것, 마나 액기스에 대한 진상 등 많은 말들이 머릿속에 떠올랐다. 하지만 어떻게 설명해야 마이스가 상처받지 않을까.

"적이야! 적이 쳐들어와서 일루미너스가 위험해! 그러니 피난해야 해!"

라피니아는 이렇게 말할 수밖에 없었다.

"네?! 저, 적이요?! 프리즘 플로가 내렸나요……?!"

마이스가 떠올릴 수 있는 적이란 마석수 정도인 모양이었다.

"음…… 그래도 우리가 반드시 지켜줄 테니까 안심해!"

"자, 이쪽이야, 마이스!"

"서둘러요!"

레오네와 리제롯테도 마이스를 재촉하며 등을 떠밀었다.

"아, 알겠습니다! 여러분은 지상인인데도 저희를 도와주셔서 고맙습니다……!"

"됐어! 친구잖아?"

"네! 그럼 가볼게요!"

마이스는 그렇게 말한 뒤 기계룡이 있는 방향으로 달려갔다.

저 착하고 순수한 아이가 이런 일에 휘말려 목숨을 잃는 것만큼은 반드시 막아야 한다고 라피니아는 생각했다.

"빌마 씨! 크리스가 위에 있는 구멍을 막아버린 것 같은데, 어떻게 하실 건가요?! 부술 생각이라면 저희가 할게요!"

천장을 올려다보니 거대한 얼음덩어리가 구멍을 틀어막고 있었다.

조금 전에 느닷없이 생겨났다.

누가 봐도 잉그리스가 한 짓이었다.

"아니, 저게 적의 침입을 막아주고 있다! 우리에게는 좋은 방벽이야!"

"하지만 나갈 방법이 없는걸요? 위로 나가는 수밖에는……!"

"아니!"

빌마의 갑옷에서 가느다란 광선이 뿜어져 나와 구멍 반대편의 벽에 닿았다.

그러자 벽이 개방되며 안쪽으로 이어지는 통로가 나타났다.

기계룡의 크기를 고려하면 조금 좁아 보였지만, 일렬로 날아가면 어떻게든 통과할 수 있었다.

"길이 열렸어!"

"이쪽에도 통로가 있었구나!"

"여길 통해서 밖으로 나갈 수 있을지도 몰라요!"

"나는 이곳에서 주민들을 기계룡에 태우겠다! 미안하지만 피난로가 멀쩡한지 먼저 가서 봐줄 수 있겠나?!"

빌마가 라피니아 일행에게 외쳤다.

일루미너스 섬이 붕괴하고 있는 지금, 피난로가 붕괴나 침수로 막혀있을 가능성이 높았다.

빌마의 말대로 안전을 확보해 두는 편이 좋았다.

"알겠어요, 빌마 씨!"

"라피니아, 레오네! 저를 붙잡으세요!"

"고마워, 리제롯테!"

세 사람은 날개의 힘을 빌려 피난로 안쪽으로 날아갔다.

통로 곳곳에 갈라진 흔적이 보였지만 결정적인 붕괴 같지는 않았다.

천장에서는 물방울이 뚝뚝 떨어지고 있었는데, 빠른 속도로 날아가다 보니 차가운 물방울이 뺨을 두드렸다.

"아직 괜찮아 보이지……?"

"응. 방심할 수는 없겠지만……!"

"앗! 보이기 시작했어요! 출구예요!"

리제롯테의 말대로 통로 끝에서 별빛 가득한 밤하늘이 보였다.

다만, 출구라기보다는 통로가 중간에서 끊어져 외부로 노출되었다는 표현이 정확할 것이다.

출구 바로 밑에는 바다가 있는지 물보라가 휘날리는 것이 보였다.

끊어진 통로의 반대편은 이미 붕괴에 휘말려 바닷속으로 침몰해 버렸으리라.

하지만 통로가 끊어졌다는 말인즉, 탈출 경로가 짧아졌다는 뜻이기도 했다.

그렇다고 여유를 부릴 수는 없었다. 붕괴가 조금만 더 진행되면 바닷물이 단숨에 통로 안으로 쏟아져 들어올 테니까. 최대한 서둘러 탈출해야 했다.

"늦지는 않은 것 같아!"

"하지만 바닷물이 코앞인 게 마음에 걸려!"

"일단 돌아가죠! 지금이라면 피난할 수 있을 거예요!"

리제롯테가 방향을 돌려 왔던 길로 돌아가기 시작한 그때.

콰과아아앙!

근처의 벽이 폭발에 가까운 굉음과 함께 파괴되었다.

"……?!"

"뭐지?!"

"붕괴가 시작된 걸까요?!"

하지만 라피니아 일행의 예상은 빗나가고 말았다.

파괴된 벽 너머에서 한 인물이 모습을 드러냈다.

벽을 파괴하고 피난로로 침입해 들어온 것이다.

"어라? 드디어 찾았네. 후후후……."

황금빛의 갑옷을 걸친 하이랄 메나스가 미소 지으며 말했다.

샤를롯테와 맥웰은 잉그리스가 붙잡아 주고 있지만, 티파니에
는 결국 잉그리스의 견제를 빠져나온 모양이었다.

"당신은!"

"제멋대로인 손님의 제멋대로인 따님이…… 사람들을 놓아주
고 있구나?"

티파니에는 통로를 앞뒤로 둘러보더니 정확히 빌마가 있는 곳
으로 향했다.

이대로 티파니에를 보낼 수는 없다.

빌마가 붙잡힌다면 마이스를 비롯한 주민들을 피난시킬 수
없다.

반대로 주민들이 인질로 붙잡힌다면 빌마는 아무런 저항도 못

할 것이다.

어느 쪽이든 이곳에서 티파니에를 막아야 했다.

"레오네!"

"라피니아……! 알았어!"

라피니아와 레오네는 시선을 교환하며 고개를 끄덕였다.

그러고는 리제롯테를 붙잡은 손을 놓고 티파니에 앞에 착지했다.

"라피니아! 레오네!"

"리제롯테는 먼저 가! 빌마 씨한테 상황을 전달해 줘!"

"여기는 우리가 막을게!"

"……! 알겠어요! 곧바로 돌아올게요!"

리제롯테는 두 사람으로부터 등을 돌려 빌마가 있는 곳으로 돌아갔다.

"방해하지 마! 빌마 씨를 데리고 가게 놔두진 않겠어!"

"그래, 라피니아의 말대로야!"

라피니아와 레오네는 각자의 마인무구를 움켜쥐고 티파니에와 대치했다.

"분수를 모르는구나. 그 아이의 곁다리에 불과한 주제에."

티파니에는 두 사람을 깔보듯 차갑게 웃었다.

"고작 너희 실력으로 나를 막겠다니……."

하지만 티파니에는 곧 레오네의 오른쪽 손등을 목격했고, 여유롭던 미소가 살짝 굳어졌다.

"특급 마인? 흐음……."

"맞아! 얕보다간 큰코다칠걸?"

라피니아가 티파니에를 향해 외쳤다.

"라, 라피니아…… 잠깐……."

레오네가 티파니에를 도발하는 라피니아를 말렸다.

특급 마인을 보유한 성기사와 하이랄 메나스의 전투력은 호각이라고 한다.

하지만 정말로 하이랄 메나스와 호각으로 싸울 수 있는지 묻는다면 레오네는 그렇다고 대답할 자신이 없었다.

레오네는 자신이 레온이나 라파엘의 실력을 따라잡았다고 생각하지 않았다.

특급 마인을 보유한 자들끼리도 엄연한 실력 차가 존재했다.

특급 마인을 얻었다고 해서 레온이나 라파엘 수준의 활약을 기대하면 곤란했다.

"괜찮아……! 말싸움하는 것만으로도 시간을 벌 수 있으니까. 레오네도 한마디 해줘……!"

라피니아가 속삭였다. 의외로 냉철한 상태를 유지하고 있었다.

도발도 계산된 행동인 모양이었다.

"그, 그런 거였구나……."

"하지만 기대하고 있는 것도 사실이야. 특급 마인이 부럽기도 하고 말이지."

라피니아가 짓궂은 미소를 띠며 말했다.

"……!"

특급 마인을 보유한 성기사와 하이랄 메나스의 관계가 아름답지만은 않지만, 그럼에도 특급 마인은 기사를 목표로 하는 자들에겐 동경의 대상이었다.

레오네도 그랬고, 잉그리스는 예외라 치더라도 라피니아와 리제롯테도 마찬가지였다.

그리고 레오네는 지금 특급 마인을 얻게 되었다. 그러니 언젠가 라피니아와 리제롯테가 특급 마인을 얻을 때까지 두 사람에게 부끄러운 모습을 보일 수는 없었다.

특급 마인에 어울리는 기사로 남기 위해서라도 자신의 의무를 다해야 했다.

이길 수 있을지 모르겠다고 주눅 들어 있을 때가 아닌 것이다.

"그래. 알겠어, 라피니아!"

레오네는 그렇게 말하며 앞으로 한 걸음 내디뎠다.

"잉그리스만큼은 아니지만 저희도 성장했어요! 당신 마음대로 하게 놔두지는 않겠어요!"

"맞아, 맞아! 당신은 전혀 성장한 것 같지 않지만! 나쁜 성격도 그대로고!"

"후후……. 그러는 너는 변했구나?"

"응?"

고개를 갸웃하는 라피니아.

티파니에가 레오네를 가리켰다.

"곁다리의……."

그리고 다음으로 라피니아를 가리켰다.

"곁다리로 전락해 버리다니. 딱하게도."

"누, 누구보고 곁다리래! 어디 한번 시험해 보시던지!"

"그럼 그럴까? 느긋하게 놀고만 있을 수도 없으니까!"

티파니에가 바닥을 박차고 라피니아와 레오네를 향해 돌진해 왔다.

아직 얕보고 있는 것일까. 아니면 내심 초조한 것일까. 직선적인 돌진이었다.

"이런! 라피니아! 협공하자……!"

"응! 샤이니 플로!"

레오네의 검은색 대검에서 환영룡이 뿜어져 나왔다.

그리고 라피니아가 발사한 샤이니 플로는 무수한 빛의 화살로 분열했다.

그 모든 공격이 돌진해 오는 티파니에게로 날아갔지만, 티파니에는 전혀 동요하지 않았다.

얼굴 앞에 팔을 교차시켜 방어 자세를 취했을 뿐, 달려오는 속도는 그대로였다.

이윽고 환영룡과 빛의 화살들이 티파니에의 몸에 명중했다. 하지만 티파니에가 착용한 황금색 갑옷은 이를 모조리 튕겨내 버렸다.

"이까짓 공격 따위, 헛수고야!"

"윽! 먹히질 않아?!"

"더 강한 공격을 날려야 해!"

티파니에는 갑옷의 하이랄 메나스다.

특유의 높은 방어력이야말로 최대의 무기이자 위협이었다.

"라피니아! 뒤쪽에서 힘을 모아서 쏴! 내가 막고 있을게!"

"응……! 알았어!"

이후 레오네가 앞으로 이동하고, 라피니아는 뒤쪽으로 빠졌다.

좌우에서 앞뒤로 위치를 변경한 것이다.

"이야아아앗!"

레오네가 눈앞까지 들이닥친 티파니에에게 검은색 대검을 휘둘렀다.

하지만 대검을 거대화하지는 않았다. 평상시 크기의 대검을 이용한 공격이었다.

대검을 거대화하면 먼 거리에서 공격할 수 있지만, 빗나갔을 때의 빈틈도 커지기 때문이다.

지금은 티파니에가 자신을 돌파하지 못하도록 막는 것이 목표였다.

"동작이 커……!"

하지만 티파니에는 자세를 낮추더니 몸을 비틀어 레오네가 수직으로 휘두른 대검을 회피했다.

퍼벅!

허공을 가른 대검이 바닥에 박히며 주변에 금이 갔다.

"빈틈투성이!"

물 흐르는 동작으로 레오네의 품속으로 파고든 티파니에는 그대로 레오네의 옆구리에 주먹을 내질렀다.

"레오네!"

"……윽!"

역시 하이랄 메나스였다. 움직임이 빠르다.

하지만 반응하지 못할 정도는 아니었다.

훈련에 어울려 주었던 아루루와 비슷한 수준일까.

적어도 자신이 어떤 상황인지는 파악할 수 있었다. 또렷이 보였다.

그렇다면…….

티파니에의 주먹이 닿기 직전, 레오네의 몸이 뒤쪽으로 슥 물러났다.

검을 휘둘러 빈틈투성이가 된 자세 그대로.

티파니에가 보기에는 마치 바닥이 움직인 것만 같은 기묘한 움직임이었다.

"어……?!"

어쨌든 목표물의 위치가 멀어진 이상, 티파니에의 주먹은 허공을 가를 수밖에 없었다.

"잘했어……!"

라피니아가 외쳤다.

멀찍이 떨어져 있던 라피니아에게는 레오네가 공격에 닿기 직전 대검을 늘려 티파니에의 공격을 회피한 것이 보였다.

레오네가 일부러 대검을 거대화하지 않았던 이유가 이것 때문이었다.

공격을 빗맞혀 티파니에의 공격을 유인한 뒤, 그것을 마인무구의 능력으로 회피하면 역으로 티파니에의 빈틈을 유도할 수 있었다.

'됐어! 해볼 만하겠어……!'

레오네가 속으로 외쳤다. 이곳에 도착한 뒤로 매일 밤 연습한 보람이 있었다.

별것 아닌 응용으로 보일 수도 있지만, 특급 마인을 얻기 전에는 시도하지 못했던 기술이었다.

바닥에 박힌 대검을 자세히 보면 끝부분이 곡괭이처럼 구부러져 있다는 것을 알 수가 있었다. 반대쪽의 무게를 지탱하기 위함이었다.

여태껏 레오네는 대검을 확대하고 축소하는 것은 가능했어도 형태를 변형하진 못했었다.

하지만 지금은 약간이지만 변형할 수 있게 됐다. 그리고 그 약간이 이 동작을 가능케 한 것이다.

원래부터 레오네의 마인무구에는 변형 능력이 내장되어 있었으나, 상급 마인으로는 확대하고 축소하는 능력밖에 구현하지 못했다.

하지만 특급 마인을 얻음으로써 마인무구의 온전한 성능을 끌어낼 수 있게 되었다. 특급 마인은 모든 마인무구를 취급할 수 있는 만능의 문장이기 때문이다.

또한 대검을 늘이는 속도와 정밀도도 관건이었다.

과거의 레오네가 티파니에의 속도에 대항하기 위해 대검을 늘였다면 더욱 멀리까지 물러나야 했을 것이다.

레오네의 대검은 길고 거대할수록 변형되는 속도가 빨랐고, 짧고 작을수록 느렸다.

즉, 길게 늘리든 작게 늘리든 변형에 소모되는 시간은 거의 동일하다는 뜻이었다.

따라서 예전 같았으면 회피는 가능했을지 몰라도 티파니에와의 거리가 훨씬 벌어졌을 것이다.

하지만 지금은 목전에서 공격에 실패한 티파니에와 대면할 수 있었다. 종이 한 장 차이로, 짧고 빠르게 능력을 제어해 냈다는 증거다.

"큭……!"

그리고 그렇게 함으로써 주먹을 거두고 물러나는 티파니에의 '빈틈'을 확보할 수가 있었다.

"지금이다!"

레오네가 있는 힘껏 찌른 대검의 끝부분이 티파니에의 옆구리에 닿았다.

황금색 갑옷의 딱딱한 감촉이 손바닥에 전해져 왔다.

그 순간, 레오네는 전속력으로 마인무구의 능력을 발동시켰다.

"가라아아아아아앗!"

"아앗?!"

무게중심을 잃은 티파니에는 대검에 밀려 순식간에 멀어져 갔다.

갑옷을 꿰뚫지는 못했지만, 멀리 밀어내는 데는 성공했다.

이걸로 충분했다. 레오네와 라피니아의 목적은 티파니에를 쓰러트리는 것이 아니라 이곳을 사수하는 것이니까.

"좋아! 통했어……! 이대로 밀어내면……!"

레오네는 다리까지 움직여 더더욱 앞으로 달려갔다.

레오네의 대검도 무한히 늘어나지는 않는다.

그래서 앞으로 내달려 티파니에를 최대한 밀어냈다.

"정도껏……!"

하지만 불현듯 레오네의 다리가 멈추었다.

강한 힘에 가로막혀 더 이상 전진할 수 없었다.

뒤로 밀려나던 티파니에가 자세를 바로잡고 검을 붙잡아 버린 것이다.

길게 늘어난 대검을 통해 느껴지는 티파니에의 완력은 무시무시했다.

"큭……?! 무, 무슨 힘이……!"

벌레 한 마리 죽이지 못할 것 같은 청초하고 가녀린 겉모습과는 딴판이었다.

"정도껏 기어오르시지!"

티파니에가 대검을 들어 올리자, 레오네의 몸이 공중으로 떠올랐다.

"꺄아아악?!"

티파니에는 그대로 대검을 휘둘러 레오네를 벽에 처박으려 했다.

대검에서 손을 놓으면 벗어날 수는 있겠지만, 도로 짧아진 마인무구가 티파니에 근처에 떨어질지도 모른다. 티파니에가 이를 줍는다면 무기를 빼앗기는 꼴이다.

무기를 빼앗기면 더 이상 티파니에를 막아내기란 불가능하다.

레오네는 어떻게 할지 몰라 망설였다.

"그렇게는 안 돼!"

바로 그때, 라피니아가 행동에 나섰다.

시간을 들여서 당긴 활시위 위에는 굵고 거대한 빛의 화살이 재워져 있었다.

평소에는 대량의 화살을 일제히 발사했지만, 그 모든 화살을 한데 집중시켜 몇 배는 더 강력한 화살을 만드는 것도 가능했다.

이윽고 발사된 거대한 빛의 화살이 티파니에의 몸에 명중했다.

티파니에의 갑옷을 관통할 정도의 위력은 없지만, 자세를 무너트리고 뒤로 날려버리는 것 정도는 가능했다.

"크으으윽……! 건방지게!"

화살에 맞아 밀려난 티파니에가 곧바로 자리에서 몸을 일으켰다. 하지만 레오네의 대검은 이미 손에서 놓친 상태였다.

덕분에 레오네는 벽에 충돌하지 않고 무사할 수 있었다.

"라피니아! 고마워!"

"아냐. 레오네가 앞장서서 막아준 덕분인걸! 대단해!"

"으, 응……! 어떻게든 될 것 같아! 이대로 피난로에서 멀리 떨어트리자!"

"응!"

이번에는 두 사람이 티파니에와의 거리를 좁혔다.

"특급 마인은 장식이 아니라 이건가? 얕보면 고생 좀 하겠는걸."

"그래서 내가 뭐랬어?! 얕보다간 큰코다친다고 했지!"

"그런 것 같네!"

티파니에가 바닥을 박차고 뛰어올랐다.

단숨에 천장 근처까지 도달해 버릴 정도로 엄청난 각력이었다.

""……!""

"하앗!"

티파니에는 공중에서 반 바퀴 회전하다니 천장을 박차고 다시 도약했다.

도착 지점은 우측 천장.

그리고 다시 기세를 더해서 좌측의 천장으로 도약했다.

좌측에서 위쪽으로. 다시 아래쪽으로. 그리고 다시 좌우로.

"……윽!"

"빨라!"

티파니에는 종횡무진 도약할수록 점점 더 빨라졌다.

아무래도 이 피난로는 티파니에에게 더 유리한 지형인 모양이었다. 천장과 좌우의 벽이 발판이 되어 입체적인 움직임을 만들어냈다.

"우, 움직임을 쫓아갈 수가 없어……!"

라피니아가 눈을 바쁘게 움직이며 비명을 질렀다.

"나, 나는 아슬아슬하게……!"

레오네에게는 흐릿하게나마 고속으로 움직이는 티파니에의 모습이 보였다. 착지하는 순간만큼은 어떻게든 포착할 수 있을 듯했다.

이 이상 가속하면 레오네도 따라잡지 못할 것이다.

그렇다면 지금이라도 막거나 속도를 줄여야 했다.

"야아아아압!"

레오네는 티파니에가 착지하는 순간을 노려 그녀의 어깨를 향해 대검을 휘둘렀다.

하지만 티파니에의 모습이 흐릿해지며 자취를 감추었다.

그리고 대검은 허공을 가른 뒤 바닥에 박혔다.

"사라졌어……?!"

결국 레오네도 움직임을 놓쳤다.

잔상이 남을 정도로 티파니에의 움직임은 빨랐다.

공격이 빗나갔으니 공격이 올 것은 자명했다.

레오네는 반사적으로 바닥에 박힌 대검을 늘려 뒤쪽으로 회피했다.

"할 줄 아는 게 그것뿐이야? 단순하네."

레오네의 귓가에서 속삭이는 듯한 목소리가 들려왔다.

뒤쪽으로 돌아 들어온 티파니에가 레오네에게 속삭인 것이다.

움직임을 완전히 읽히고 말았다.

"윽?!"

그 직후, 레오네의 시야가 빙글 뒤집어졌다.

티파니에가 레오네의 팔을 붙잡아 바닥에 던져버린 것이다.

등에서 느껴지는 강렬한 충격. 숨이 턱 막혔다.

"커…… 헉……!"

레오네가 위를 올려다보니 티파니에가 요염하게 미소 짓고 있었다.

"후후……."

티파니에가 한쪽 발을 들어 올렸다. 황금색 부츠의 밑창이 보였다.

그리고 그 발이 바닥에 나동그라진 레오네의 오른팔을 내리찍었다.

뼈가 부러지는 감각이 또렷이 전해져 왔다.

불타는 듯한 고통이 레오네의 전신을 관통했다.

"아아아아아악!"

무심코 입에서 비명이 터져 나왔다.

"좋은걸. 귀여운 목소리야."

티파니에가 만족스럽게 웃어 보였다.

"특급 마인을 받기에는 아직 미숙한 것 같네."

"으으……."

분하지만 티파니에의 말대로였다.

조금은 대항할 수 있으리라 생각했지만, 티파니에게 진심으로 싸우기 시작하니 도저히 당해낼 수가 없었다.

레온이나 라파엘이라면 이런 한심한 모습을 보이지는 않았을 것이다.

"레오네!"

라피니아가 도와주러 오려고 하자, 티파니에는 다시금 땅을 박차고 고속으로 이동하기 시작했다. 라피니아는 여전히 티파니에의 움직임을 따라갈 수가 없었다.

"윽?! 또야……!"

라피니아의 측면에서 티파니에의 발차기가 날아왔다.

"꺄아아아악!"

발차기에 직격당한 라피니아는 벽으로 날아가 처박혔다.

"크윽……. 아직 멀었어!"

라피니아는 곧바로 몸을 일으켰지만, 충격이 컸는지 다리가 후들거렸다.

"좋아, 이렇게 하자. 한 명은 놓아줄게. 우정이 깨지는 광경은 언제 봐도 즐겁거든."

"웃기지 마! 누가 네 말대로……!"

라피니아가 활의 시위를 당겼다.

"그러면 마음에 안 드는 쪽부터 해치울까?"

티파니에는 라피니아를 향해 돌아서며 주먹을 꾹 움켜쥐었다.

"후후후⋯⋯. 네가 죽으면 그 애는 어떤 표정을 지을까? 기대되는걸."

"무서워서 보고 싶지도 않네. 그렇게 되면 크리스가 무슨 짓을 저지를지 몰라."

"라피니아!"

다음 순간, 티파니에의 눈앞에서 라피니아의 모습이 사라졌다.

옆에서 날아온 레오네가 라피니아를 안고 거리를 벌린 것이다.

방금처럼 대검을 이용한 이동이었다. 부러진 오른팔로 어찌저찌 능력을 발동하고 있었다.

"레오네⋯⋯!"

"일단 거리를 벌리자!"

"응! 그럼 이 틈에 치료해 둘게!"

라피니아는 레오네의 오른팔로 손을 가져가 치유 능력을 발동시켰다.

"고마워⋯⋯! 덕분에 편해졌어."

"상대가 너무 빨라서 공격할 수가 없어! 화살을 잔뜩 쏘면 맞기는 하겠지만 의미가 없고⋯⋯!"

"알아. 그래서 시험해 보고 싶은 게 있어!"

"방법이 있어⋯⋯?!"

"아직은. 하지만 잉그리스에 대한 이야기를 듣다 보니⋯⋯ 그

애가 했던 말이 떠올랐거든. 드래곤 로어와 마나를 융합하면 강해진다고 들었어!"

"최근에 크리스가 몰두하고 있는 용마법 말이지? 드래곤 로어는 용의 힘이고, 마나는 우리가 다루는 마인무구의 힘이라던······!"

"맞아. 이곳에 오기 전에 시험해 봤을 때는 아무런 성과도 없었지만, 지금이라면······!"

성공을 장담하긴 힘들었지만, 뒤집어 말하면 레오네에게는 이정도 방법밖에 남아있지 않았다.

그렇다면 시도해 보는 수밖에 없었다.

"이만 멈출게!"

연속으로 대검의 능력을 발동시켜 거리를 벌리던 레오네는 이동을 멈추고 티파니에와 대치하기 위해 자세를 잡았다.

이미 티파니에는 레오네와 라피니아를 공격하기 위해 특유의 고속 이동으로 접어든 상태였다.

"라피니아! 화살을 대량으로 쏴서 연막을 쳐줘!"

"알았어!"

라피니아가 발사한 빛의 화살이 무수히 분열해 티파니에를 향해 날아갔다.

수가 많은 만큼 제대로 겨냥하지 않아도 몇 발 정도는 확실하게 적중시킬 수 있었다.

하지만 그래 봤자 갑옷의 표면을 두드릴 뿐, 티파니에 본인에게는 타격이 없었다.

티파니에의 속도가 조금이나마 줄어들기는 했지만.

"나도 간다!"

레오네도 대검을 휘둘러 환영룡을 방출시켰다.

최대한 많이. 강하게.

그리고 환영룡들의 진로가 최대한 한 곳으로 겹치도록.

환영룡은 이 대검에 드래곤 로어가 깃들면서 생겨난 능력이다.

용을 죽인 무기에 용의 힘이 깃든다고 잉그리스는 말했지만, 실상은 용의 꼬리를 잘라서 고기를 얻다가 깃들게 된 힘이었다. 결코 멋지다고 할 수 있는 입수 경로는 아니었다.

어쨌든 드래곤 로어는 레오네의 육체가 아닌 무기에 깃든 힘이므로 자유자재로 다루기란 불가능했다.

고작해야 발동 횟수나 궤도를 조정할 수 있는 정도였다.

그러므로 환영룡의 움직임에 직접 동조시킬 필요가 있었다.

"하나로…… 섞여라아아앗!"

환영룡을 날려 보낸 직후, 레오네는 대검을 앞으로 내지르며 능력을 발동시켰다. 그러자 빠른 속도로 길어진 칼날이 일찌감치 날아가던 환영룡을 따라잡아 한데 뒤섞였다.

예전에 시험해 봤을 때는 대검을 겹쳐도 환영룡이 무산되고 말았지만, 이번에는 대검의 금속이 환영룡과 동화하듯 변형되었다.

"검과 환영룡이…… 섞였어?!"

라피니아가 외쳤다.

환영룡은 명확한 실체를 얻어 금속으로 된 검은색의 용이 되었다.

이미 저것은 환영룡이 아닌…… 흑철룡.

드래곤 로어와 마나를 융합시킨 결과물이었다.

이제 와서 이러한 현상이 발생한 이유는 레오네가 특급 마인을 얻었기 때문이었다. 대검으로 흘러 들어가는 마나가 환영룡과 뒤섞일 수준으로 강력해진 것이다.

지금까지는 레오네의 마나가 강력한 드래곤 로어를 감당해 내지 못했다는 뜻이다.

"해냈어……! 이대로 가자! 이야아아아아앗!"

그워어어어어어어!

다수의 흑철룡들이 거대한 포효를 내지르며 티파니에를 향해 날아갔다.

"뭣……?!"

티파니에의 움직임에 변화가 생겼다.

날아드는 흑철룡들을 받아내지 않고 회피하기 시작한 것이다.

라피니아의 화살이나, 레오네의 환영룡은 개의치도 않았으면서 이 흑철룡에만 다르게 대응하고 있었다.

강력한 갑옷을 걸친 티파니에라도 무턱대고 맞아줄 만한 기술이 아니라는 뜻이다.

환영룡을 크게 뛰어넘는 위력임에는 분명했다.

즉, 이 기술을 적중시키면 승부를 낼 수 있었다.

하지만 티파니에의 움직임은 빨랐다.

티파니에가 회피에 전념하자 흑철룡은 그녀를 건들지 못하고 뒤로 지나쳐 갔다.

"으. 답답해……! 얌전히 맞으란 말이야!"

라피니아가 소리쳤다.

"그 부탁은 들어줄 수 없겠는걸……!"

티파니에는 경쾌한 움직임으로 시커먼 이를 드러낸 흑철룡들을 회피해 나갔다.

"아직이야!"

한 차례 빗나간 흑철룡이 방향을 전환해 다시금 티파니에를 노리고 날아갔다.

레오네의 의지가 반영된 결과였다.

흑철룡은 환영룡보다 더 자유롭게 조종하는 것이 가능했다.

지금부터는 지구력 싸움이었다.

흑철룡이 티파니에를 따라잡는 것이 먼저일까. 아니면 레오네가 지쳐서 흑철룡이 와해하는 것이 먼저일까.

레오네는 이 승부에 걸어 볼 수밖에 없었다.

"과연. 이런 기술이었구나."

하지만 티파니에는 끈질기게 쫓아오는 흑철룡을 회피하면서도 크게 동요하지 않았다.

동요는커녕 레오네를 보면서 씨익 웃어 보였다.

"하지만 부족해……!"

"윽!"

두 사람의 시선이 마주쳤다는 말인즉, 서로를 가로막는 장애물이 아무것도 없다는 뜻이다.

회피와 추격을 거듭하는 사이, 레오네와 티파니에 사이의 공간이 텅 비어버린 것이다.

어쩌면 티파니에는 처음부터 이 상황을 상정하고 회피 동작을 이어갔던 걸지도 몰랐다.

"지금!"

티파니에가 땅을 박차고 일직선으로 돌격해 왔다.

흑철룡을 조종하는 레오네를 직접 공격하려는 심산이었다.

"레오네!"

라피니아가 티파니에의 돌진을 막기 위해 빛의 화살을 날렸다.

하지만 힘을 모을 시간이 부족해 확산하는 화살을 발사해야 했다.

"소용없는 짓이야……!"

티파니에가 보기에 라피니아의 화살은 아무런 위협도 되지 못했다. 어차피 자기 갑옷에 가로막힐 것이 뻔했다.

티파니에는 속도를 늦추지 않고 돌진해 나갔다.

"소용없는지 아닌지 두고 보라고!"

라피니아가 그렇게 외친 순간, 빛의 화살들이 일제히 방향을 전환했다.

티파니에게 명중하기 직전 밑으로 방향을 꺾어 지면을 타격한 것이다.

겉보기에는 아무런 의미도 없는 것처럼 보였다. 하지만…….

"아앗?!"

균형이 무너진 티파니에가 발을 헛디뎌 앞으로 넘어졌다.

티파니에가 아무런 이유도 없이 발을 헛디딜 리가 없었다.

라피니아의 화살이 전방에 구멍을 파서 티파니에를 넘어트린 것이다.

"좋았어……!"

라피니아가 일부러 다수의 화살을 발사한 것도 이 상황을 노렸기 때문이다.

그래야만 티파니에가 화살을 무시하고 그대로 돌진해 올 테니까.

피해를 주진 못하더라도 잠시나마 발을 묶을 수 있다면 그것으로 충분했다.

"고식적인 수법을! 이 지긋지긋한 꼬맹이가 잘도……!"

"곁다리의 곁다리를 얕보니까 그렇지!"

라피니아가 혓바닥을 힘차게 내밀며 되받아쳤다.

그리고 다음 순간, 흑철룡이 티파니에의 몸에 명중했다.

이번에 티파니에가 넘어진 것은 치명적인 빈틈이었다.

그렇기 때문에 티파니에는 라피니아에게 분노를 드러낸 것이다.

첫 번째로 명중한 흑철룡이 티파니에의 어깨를 물었다.

티파니에의 황금색 갑옷이 찌그러지는 소리가 울려 퍼졌다.

물론 일격으로 티파니에의 갑옷을 부수기는 어려웠지만, 그래도 흑철룡은 티파니에를 물고 늘어져 바닥에 눕혀버렸다.

　"아아아악?!"

　이윽고 티파니에의 그 비명은…….

　그워어어어어어어어!

　연이어 몰려든 흑철룡들의 포효에 의해 묻혀버리고 말았다.

　머잖아 티파니에의 모습도 쇄도하는 흑철룡들에게 가려져 자취를 감추고 말았다.

　흑철룡들의 공격으로 커다란 구멍이 만들어지는 모습만을 볼 수 있었다. 땅을 뒤흔드는 엄청난 위력이었다.

　"저 정도면 절대로 무사하지 못할 거야! 굉장해, 레오네!"

　"으, 응……! 위력이 이렇게나 올라갔을 줄이야…….'

　레오네 본인도 놀랄 정도였다.

　지금까지 사용했던 환영룡이나 대검을 이용한 공격과는 비교도 되지 않았다.

　차원이 다른 위력.

　특급 마인에 걸맞은 힘이라는 생각이 들었다.

　레오네는 기뻤다.

　성장했다는 실감이 들었다. 특급 마인을 받게 되어 다행이었다.

　소중한 친구인 라피니아와, 안쪽에서 있는 리제롯테, 빌마, 마이스를 비롯한 모두를 지켜낼 힘을 얻었다.

　그렇게 생각하는 사이, 티파니에에게 달려들었던 흑철룡들이 원래의 대검 모습으로 되돌아왔다.

흑철룡들의 공격을 받은 티파니에는 바닥에 쓰러진 채로 미동도 하지 않았다.

곧바로 대응할 수 있도록 신중하게 상황을 살폈지만, 티파니에는 일어날 기미가 없었다.

""…….""

레오네와 라피니아는 서로에게 고개를 끄덕인 뒤 티파니에가 있는 곳으로 걸어갔다.

그리고 두 사람은 티파니에의 상태를 자세하게 확인할 수 있었다.

갑옷 곳곳이 손상되어 있었지만, 결정적으로 파손된 부분은 없었다.

하지만 뺨과 팔, 다리같이 갑옷 사이로 엿보이는 티파니에의 신체에는 부상의 흔적이 있었다. 피도 흐르고 있었다. 가볍지 않은 상처였다.

무엇보다 티파니에 본인이 꼼짝도 하지 않고 있었다.

"……주, 죽었나……?"

불안해진 라피니아는 티파니에의 호흡을 확인하기 위해 가까이 다가갔다.

적으로서 싸운 결과인 데다가, 티파니에가 선한 인간인 것도 아니었다. 오히려 알카드에 있을 당시 릭클레어와 주변 마을을 수탈한 악당이었다.

그런데도 어째서인지 라피니아는 티파니에가 살아있는지 신경 쓰였다.

라피니아가 옆으로 다가와 웅크려 앉았지만, 티파니에는 아무런 반응을 보이지 않았다.

갑옷으로 뒤덮인 풍만한 가슴에 귀를 얹는 라피니아.

하지만 하이랄 메나스는 평범한 인간보다 훨씬 강인한 육체를 보유하고 있었다.

생명 반응이 인간과 같다는 보장도 없거니와, 애초에 갑옷 너머로 심장 소리가 들릴지도 의문이었다.

"흐음."

"어때, 라피니아?"

레오네도 다가와 라피니아의 맞은편에 섰다.

"잘 모르겠어. 의식은 없는 것 같은데."

"아니. 보다시피 멀쩡해……!"

티파니에가 갑자기 눈을 뜨며 대답했다.

"어?! 죽은 척?!"

"꺄악……!"

레오네가 소리를 지른 것은 티파니에에게 발목을 붙잡혔기 때문이었다.

"인정할게. 특급 마인을 받기에 충분한 실력이라는 걸……. 그러니……!"

"레오네!"

"늦어!"

티파니에가 외치자, 전신에서 빛이 뿜어져 나왔다.

폭발적으로 확산한 빛은 티파니에와 레오네를 완전히 뒤덮어 버렸다.

"꺄아아아아악?!"

라피니아도 몇 차례 본 적이 있는 빛이었다.

"하이랄 메나스의 무기화?!"

눈을 뜨지 못할 정도의 환한 빛이 사그라들었다. 그리고 라피니아의 눈앞에는 황금색 갑옷을 입은 레오네가 있었다.

"레오네! 괴, 굉장해……!"

성스럽기까지 한 모습이었다. 레오네와 동조해 무기화함으로써 갑옷의 손상도 완전히 복구되어 버린 모양이었다.

늠름하면서도 우아한 모습.

무심코 넋을 빼앗겨 버릴 것 같았지만, 라피니아는 알고 있었다.

지금은 멋지다고 좋아할 상황이 아니었다.

"레오네! 그래도 그 모습은 안 돼! 얼른 원래대로 돌아와! 하이랄 메나스는……!"

하이랄 메나스는 사용자의 생명력을 빼앗아 간다.

라피니아는 레오네의 어깨를 붙잡고 세게 흔들었다.

"오, 오해야……! 내 의지가 아냐! 워, 원래대로 돌아갈 수가 없어!"

레오네는 창백해진 얼굴로 고개를 가로저었다.

"뭐?!"

예전에 알카드에서 티파니에와 잉그리스가 싸웠을 때도 지금과 비슷한 상황이었다.

티파니에는 레오네의 의사를 무시하고 자신을 강제로 레오네에게 착용시킨 것이다.

하이랄 메나스를 사용한 대가로 생명력을 소진하기 위해.

이건 티파니에의 비장의 수단이라고 말할 수 있는, 명백한 살의가 담긴 공격이었다.

"그, 그래, 알겠어! 진정해! 내가 벗겨줄 테니까!"

라피니아가 황금색 갑옷에 손을 걸치고 벗겨내기 위해 힘을 주었다.

"끄으으으응......!"

온 힘을 다 해봤지만, 갑옷의 이음매는 꿈쩍도 하지 않았다.

마치 티파니에가 강한 의지로 거부하고 있는 것 같았다.

그때, 고전하는 라피니아의 곁으로 누군가가 날아왔다.

"돌아왔어요! 지금 이게 무슨 일이죠?!"

리제롯테였다. 마침 필요할 때 돌아와 주었다.

"리제롯테! 미안하지만 좀 도와줘! 티파니에가 레오네한테 억지로 들러붙었어! 이대로는 레오네가! 얼른 벗겨야 해!"

"네에에에?! 아, 알겠어요! 서두르죠!"

그렇게 리제롯테까지 가세해서 갑옷을 벗기기 시작했다. 하지만.

"벗겨지질 않아!"

"여기에 손잡이를 끼워서 지렛대의 원리를 이용하면……!"

리제롯테가 할버드의 손잡이를 갑옷의 틈새에 집어넣으려 했다.

그러나 리제롯테의 행동은 끝까지 이어지지 못했다.

레오네가 주먹을 휘둘러 리제롯테를 후려친 것이다.

"으악?! 레, 레오네?! 무슨 짓인가요?!"

"오, 오해야! 몸이 멋대로!"

"앗! 이것도 티파니에의 소행이구나!"

정말로 비겁한 방식이었다.

역시 라피니아는 티파니에를 좋아할 수가 없었다.

괜히 걱정해서 손해 봤다는 생각이 들었다.

"다 내가 미숙한 탓이야……! 하이랄 메나스를 완벽히 조종하지 못해서……!"

레오네는 서글픈 표정을 지은 채로 라피니아에게 대검을 휘둘렀다.

"레오네!"

라피니아는 거리를 벌려 공격을 회피할 수밖에 없었다.

그나마 레오네가 티파니에에게 저항하고 있는지 공격은 날카롭지 않았다.

"위, 위험하니까 둘 다 도망쳐!"

"레, 레오네를 놔두고 갈 수는 없어!"

"맞아요!"

"그, 그러면 나를 공격해서 막아! 이대로라면 무슨 짓을 벌일지 몰라……!"

라피니아와 리제롯테는 서로를 마주 보며 고개를 끄덕였다.

"아, 알겠어!"

"조금 아프더라도 참아주세요!"

라피니아는 활시위를 당겼고, 리제롯테는 할버드의 끝을 레오네에게 겨누었다.

""이야아아앗!""

빛의 화살과 눈보라과 한데 뒤섞여 황금색 갑옷을 입은 레오네를 향해 날아갔다.

친구라고 봐주진 않았다. 전력을 다한 공격이었다.

하지만 티파니에의 조종을 받은 레오네가 팔을 한 번 휘두르자, 빛의 화살과 눈보라는 간단히 가로막히고 말았다.

""윽?! 아아아아악!""

자신의 공격에 휘말린 라피니아와 리제롯테는 벽까지 날아가 부딪히고 말았다.

"저, 전혀 통하질 않아!"

"이, 이게 무기화한 하이랄 메나스의 힘이군요……."

"라피니아! 리제롯테! 괜찮아?!"

레오네가 걱정스러운 표정으로 두 사람을 바라보았다.

'후후후. 특급 마인을 받을 자격은 있지만 미숙한 것 또한 사실……. 네 몸과 목숨은 유익하게 사용해 줄게.'

갑옷에서 티파니에의 목소리가 울려 퍼졌다. 그 목소리는 라피니아와 리제롯테의 귀에도 들렸다.

"누구 마음대로!"

"그렇게는 안 돼요!"

비틀거리며 몸을 일으키는 라피니아와 리제롯테.

하지만 레오네는 듣는 체도 않고 피난로를 거슬러 달려가기 시작했다. 빌마와 피난민들이 있는 방향이었다.

두 사람을 무시하고 빌마를 제압하겠다는 심산이었다.

그 속도는 평소의 레오네는 물론이고 방금 티파니에가 보여줬던 고속 이동보다도 빨랐다.

"빠, 빨라! 저걸 어떻게 따라잡지!"

"이, 일단 쫓을게요! 붙잡아요!"

라피니아는 리제롯테에게 매달려 레오네의 뒤를 쫓았다.

"라피니아, 이 틈에 화살을……! 힘을 모아두세요!"

리제롯테는 라피니아의 두 손이 자유롭도록 몸통을 붙들어 주었다.

"으, 응……!"

하지만 아무리 힘을 모아도 지금의 레오네에게는 통할 것 같지 않았다.

강제라 할지언정 특급 마인 보유자와 하이랄 메나스가 하나가 된 것이다.

라피니아의 힘으로 레오네를 막는 건 불가능할지도 몰랐다.

역시 특급 마인과 상급 마인 사이에는 거대한 벽이 존재했다.

리제롯테도 하이랄 메나스가 되기 위한 높은 적성을 보유하고 있었다. 본인에게 그럴 의사가 있는지는 불명이지만.

그렇다면 나는? 라피니아는 생각했다.

세오도어 특사에게 치유의 힘이 있는 마인무구를 받은 뒤로는 별로 성장한 것 같지 않았다.

물론 라피니아도 열심히 노력해 왔다. 하지만…….

"……?!"

문득 정신을 차린 라피니아는 거칠게 고개를 내저었다.

지금은 그런 생각을 하고 있을 때가 아니다.

주어진 상황에 최선을 다해야 한다.

레오네가 흑철룡으로 티파니에를 공격했을 때도 영리한 발상으로 도움을 줬다.

그때, 불현듯 레오네의 모습이 눈앞에서 사라졌다.

현재 피난로는 거인이 뚫어놓은 구멍으로 이어져 있었다. 피난로를 통과해 그곳으로 빠져나간 것이다.

리제롯테와 라피니아도 조금 늦게 구멍으로 빠져나왔다.

"잠깐! 그만둬어어어!"

빌마의 고함 소리가 귀에 들어왔다.

"도, 도망치세요! 제발!"

비명에 가까운 레오네의 목소리도.

현재 레오네는 피난 시설을 출발한 기계룡에게 대검을 내리치

S NOVEL+
©Hayaken
Originally published by HOBBY JAPAN
Illustration Nagu
[NOT FOR SALE]

Eiyu-oh,
wo Kiwameru
tame Tensei su.
Soshite,
Sekai Saikyou
no Minarai Kisi "♀".

려 하고 있었다.

"아, 안 돼요!"

저대로 대검을 휘두른다면 기계룡에 탑승한 피난민들까지 구멍 밑으로 추락할 것이다. 그렇게 추락한 주민들이 살아남기란 불가능했다.

기계룡에 탑승한 이들 중에는 마이스도 포함되어 있었다.

이대로 놔둘 수는 없었다.

게다가 주민들이 희생되는 것만이 문제가 아니었다.

티파니에에게 조종당하는 상태라도 레오네는 자신을 책망할 게 분명했다.

가슴에 평생 지워지지 않을 상처가 남을 것이다.

아르멘 마을에서 불사자에게 습격당했을 때도 그랬다. 레오네는 자신을 습격한 주민들을 베어야 했다며 울고 있었다.

혈철쇄 여단으로 전향한 레온 때문에 주민들에게 배신자 일족이라고 갖은 비난을 받았는데…….

라피니아는 상상도 하지 못할 고생을 해왔음에도 레오네는 상냥한 아이였다. 아니, 오히려 그랬기 때문일지도 몰랐다.

그 착하고 소중한 친구가 이 이상 괴로운 일을 겪게 만들고 싶지 않았다.

지금 뭐라도 해볼 수 있는 사람은 화살을 장전한 라피니아 자신밖에 없었다.

무슨 일이 있어도 막아내고 싶었다.

"안 돼애애애애! 레오네!"

극한까지 날카로워진 집중력이 라피니아의 손아귀에 이상한 감촉을 불러일으켰다.

몸속에서 무언가 설명하기 힘든 기운이 솟아올랐다.

마치 자신의 등을 강하게 떠밀어 주는 것 같은.

여태껏 한 번도 느껴본 적 없는 감각은 그 느낌처럼 처음 보는 형태로 눈앞에 나타났다.

휘이이이이이잉!

라피니아가 발사한 빛의 화살이 마치 잉그리스의 에테르 스트라이크처럼 푸르스름한 빛을 뿜어낸 것이다.

"어⋯⋯? 뭐지?!"

화살을 발사한 본인도 이해가 안 되는 눈치였다.

빛의 화살은 엄청난 속도로 날아가 기계룡을 격추하기 직전인 레오네의 몸에 적중했다.

"꺄아아아아아아악?!"

'아아아아아아아아아악?!'

푸른 화살의 위력은 엄청났다. 황금빛 갑옷을 입은 레오네가 강한 충격을 받고 구멍 밑으로 떨어지고 말았다.

"괴, 굉장해요, 라피니아! 차원이 다른 공격이었어요! 이, 이런 능력이 있었군요! 놀랐어요!"

"어? 내가⋯⋯?"

라피니아도 자신에게 이런 능력이 있는 줄은 몰랐다.

도대체 뭐였던 걸까. 정말로 자신이 한 일인지 실감이 되지 않았다.

"잘 해줬다! 하마터면 돌이킬 수 없는 참사가 날 뻔했어!"

빌마가 환한 얼굴로 라피니아를 칭찬했다.

"라피니아 씨! 고맙습니다!"

기계룡의 구명정에 탑승한 마이스가 말했다.

""고맙습니다!""

""덕분에 살았어요! 대단한 아가씨군요……!""

그러자 피난 중인 다른 하이랜더들도 라피니아에게 감사를 표했다.

"어…… 아하하하하……. 뭘요. 아무것도 아니에요."

실감이 나지 않다 보니 칭찬을 들어도 부끄럽기만 했다.

어쨌든 지금은 레오네의 상태를 확인해야 했다.

무사한 걸까. 티파니에만 피해를 입었다면 좋으련만.

"리제롯테, 밑으로! 레오네를 쫓아가자!"

"네, 알았어요!"

라피니아가 재촉하자 리제롯테도 고개를 끄덕였다.

"빌마 씨! 이 틈에 피난을 부탁드려요……!"

"그래, 알겠다! 모든 기계룡은 피난로에서 탈출하라!"

빌마가 기계룡 중 하나에 올라타며 지시를 내렸다.

그런데 그때, 잉그리스가 만든 얼음 덮개에서 새빨간 빛이 부풀어 올랐다.

““?!””

콰과아아아아아앙!

거대한 폭음이 들려오는가 싶더니 얼음 덮개가 산산조각 나면서 수많은 얼음 파편이 쏟아져 내렸다.

여기에는 얼음 파편뿐만 아니라 돌덩어리도 섞여 있었다.

잉그리스가 남아있던 장소에서 거대한 폭발이 일어난 것이다.

“이, 이런! 기계룡, 돌아가라!”

빌마가 기계룡들을 기존의 피난 시설로 되돌렸다. 덕분에 피난민들은 쏟아지는 파편들로부터 간신히 무사할 수 있었다.

“어서 레오네를……!”

구멍 밑에 추락한 레오네는 아직 움직이지 못하고 있었다.

이대로라면 쏟아지는 파편에 압사당하고 말 것이다.

리제롯테는 레오네를 향해서 전속력으로 하강했다.

“레오네를 붙잡아 주세요!”

“알았어!”

라피니아는 손을 뻗어 황금색 갑옷을 입은 레오네를 안아 들었다.

리제롯테는 방향을 바꿔 구멍의 옆쪽에 난 공간으로 진입했다. 그 직후, 레오네가 있던 자리에 거대한 바위가 떨어졌다.

“휴우……. 다행이다.”

간발의 차이였다. 레오네를 옮기지 못했더라면 저 바위에 깔려버렸을 것이다.

"그러게요. 그나저나 여기는······."

리제롯테가 주변을 둘러보았다.

어딘가 적막한 공간이었다. 곳곳에 자연의 암반이 드러나 있었다.

그리고 라피니아와 리제롯테 옆에는 거대한 석관이 떡하니 자리 잡고 있었다.

"글레이프릴 석관?"

"네. 바로 밑에 있다고 듣긴 했어요."

"에리스 씨와 베네픽의 멜티아 황녀도 이 안에······."

지금 여기서 에리스를 꺼낼 수 있다면 무척 든든할 것이다.

그리고 멜티아 황녀도 서둘러 구해야 했다.

콰과과과과과광!

다시금 위쪽에서 커다란 소리가 들렸다.

위층이 붕괴하며 구멍이 더욱 확장된 것이다.

뒤이어 무수한 잔해들과 함께 거대한 그림자가 뛰어내렸다.

"하하하하하하! 보았느냐, 망할 꼬맹이들아아!"

얼굴 없는 거인이었다.

거인은 거구에 걸맞은 황금색의 할버드를 움켜쥐고 있었다.

저 할버드는 샤를롯테가 무기화한 모습일까?

거인의 가슴팍에는 맥웰이 박혀있었고, 끊임없이 뭐라고 외치고 있었다.

"저, 저게 뭐야?!"

"잘 모르겠어요! 무시무시하네요!"

리제롯테의 말대로였다.

무슨 일이 있었는지는 모르겠지만 엄청나다는 말밖에 나오지 않았다.

그리고 그 무시무시한 거인 앞에 사뿐히 착지하는 어린 소녀.

"크리스!"

얼굴을 보니 굉장히 안심되었다.

라피니아는 환한 얼굴로 크리스의 이름을 불렀다.

"라니! 미안, 무사해?!"

잉그리스는 무척 걱정스러운 얼굴로 라피니아를 향해 달려왔다.

방금, 얼굴 없는 거인의 황금색 할버드가 폭발을 일으켜 얼음 덮개를 날려버렸다.

얼음 덮개뿐만 아니라 지면까지 통째로 날아가면서 구멍이 더욱더 확장되고 말았다.

그 위력은 잉그리스의 방어력을 뚫고 빙룡 갑옷을 파손시켰을 정도였다.

팔에도 까진 상처가 남고 말았다.

하지만 정말로 신경이 쓰이는 점은 따로 있었다.

거인이 폭발을 일으키기 직전, 아래쪽에서 에테르의 반응을 느낀 것이다.

혈철쇄 여단의 흑가면이 침입한 줄 알고 상당히 걱정했는데, 밑으로 내려와 라피니아 일행을 보니 안심이 되었다.

"방금 무슨 일이 있었던 거야? 흑가면이 침입해 왔어……?!"

"어? 아닌데? 레오네가 티파니에한테 조종당했거든. 그래서 레오네를 막으려고 빛의 화살을 쐈는데…… 평소와 다른 공격이 나갔어."

"푸르스름한 빛이었어요. 마치 잉그리스가 사용하는 힘 같았죠."

리제롯테가 옆에서 증언했다.

"……! 그러면 아까 느낀 기운이 라니였어?"

"응. 뭐랄까, 엄청난 힘이었어. 내가 다른 사람처럼 느껴졌을 정도로."

어떻게 된 노릇일까? 어째서 라니에게 에테르가 발현한 것일까.

"…………."

어쩌면 마인무구의 폭발로 인한 유아화에서 라피니아가 먼저 회복된 것과도 관계가 있을지 몰랐다.

디바인 나이트인 잉그리스와 라피니아가 동일한 마법에 걸렸다고 가정할 경우, 잉그리스가 라피니아보다 회복이 더디다는 것은 상식적으로 납득이 되지 않았다.

아무리 잉그리스가 정면에서 대부분 뒤집어썼다고 하더라도 말이 안 되는 이야기였다.

하지만 만약 라피니아에게도 에테르 능력이 잠재되어 있었다면? 그래서 잉그리스보다는 못할지언정 어느 정도의 마법 저항력을 지니고 있었다면?

그렇다면 라피니아가 먼저 회복되는 것도 충분히 가능했다.

하지만 어째서 라피니아에게 에테르가 깃들게 된 것일까.

가능성은 하나뿐이었다. 잉그리스가 영향을 끼친 것이다.

신룡 후페일베인의 고기를 먹인 잉그리스에게 드래곤 로어가 깃들었듯이, 잉그리스와 줄곧 함께 자랐던 라피니아에게도 잉그리스의 에테르가 침투한 것이다.

물론 에테르가 드래곤 로어와 같다는 보장은 없었다. 하지만 잉그리스와 거의 평생을 함께한 사람은 전생을 포함해도 라피니아가 유일했다.

생사고락을 함께한 전우나, 나라를 세우기 전부터 오랫동안 함께한 신하들은 몇몇 있었지만, 그들과 24시간을 함께 지냈던 것은 아니었다.

"그렇구나……. 라니와 줄곧 함께 지내서 내 힘이 옮겨 간 걸지도 모르겠어."

두 사람의 깊은 인연이 라피니아에게 잉그리스의 힘을 부여한 것이다.

그리고 그렇기 때문에 잉그리스는 라피니아에게 일어난 변화를 눈치채지 못했다.

자신에게서 유래한 에테르이므로 근처에 있어도 의문을 느끼지 못하는 것이다.

방금 잉그리스가 느꼈던 에테르도 자신과 무척 닮아있었다.

혈철쇄 여단의 흑가면은 뛰어난 에테르 제어 능력으로 잉그리스와 비슷한 성질의 에테르를 만들 수 있다.

그래서 잉그리스는 처음에는 흑가면이 온 줄 알았다.

"힘이 옮겨 갔다고⋯⋯? 그게 가능해?"

"가능한가 봐. 나도 몰랐던 거지만⋯⋯. 후페일베인 때랑 비슷한 상황 같아. 우리한테 드래곤 로어가 깃들었잖아."

"후페일베인 때랑⋯⋯? 나, 크리스를 잡아먹은 적 없는데."

"후훗. 배불리 먹어도 괜찮아."

잉그리스의 지식, 경험, 시간, 그리고 에테르.

얼마든지 흡수해 가도 상관없었다.

그것이 라피니아에게 도움이 된다면 오히려 기뻤다.

손녀딸처럼 귀여운 라피니아에게는 뭐든지 내어주고 싶었다. 그것이 부모의 마음, 아니, 할아버지의 마음이었다.

쾈쾈쾈쾈쾈⋯⋯!

바로 그때, 멀리서 물소리가 울려 퍼졌다.

그리고 순식간에 들이닥친 대량의 해수가 잉그리스 일행의 발밑에 차오르기 시작했다.

"아⋯⋯! 방금 폭발로 땅이 기울어서 피난로에 바닷물이 유입된 거야!"

"서둘러 레오네를!"

리제롯테가 레오네에게 날아가 일으켜 세웠다.

아직 황금색 갑옷을 입고 있기는 하지만 저항할 기미는 없었다.

"크리스! 이대로는 글레이프릴 석관이 바다에 잠길 거야! 그러면 황녀님과 에리스 씨가!"

"응! 같이 가져가자!"

이렇게 된 이상 지상으로 석관을 들고 가는 수밖에 없었다.

"좋은 정보를 들었군! 그렇다면 이건 어떠냐!"

거인의 가슴팍에 박힌 맥웰이 외쳤다.

"어디 한번 피해봐라아앗!"

얼굴 없는 거인이 글레이프릴 석관을 향해 황금색 할버드를 내질렀다.

잉그리스가 석관을 지켜내려면 공격을 피해선 안 되기 때문이다.

설령 맥웰의 의도를 간파해도 막아낼 수밖에 없었다.

"하아아아압!"

잉그리스는 손을 뻗어 거대한 할버드를 막아냈다.

"애초에 피할 생각도 없었습니다!"

"크으으으윽! 이 힘만 센 꼬맹이 녀석이이이!"

"크리스!"

"괜찮아! 라니도 리제롯테랑 같이 먼저 가!"

"으, 응!"

리제롯테가 있는 곳으로 달려가는 라피니아.

바로 그때, 누군가가 라피니아를 밀치고 달려오는가 싶더니 잉그리스의 발밑이 붕괴했다.

"……윽?!"

잉그리스의 몸이 무게중심을 잃고 크게 기울어졌다.

라피니아를 밀친 것은 인간의 모습으로 돌아간 티파니에였다.

정확하게 잉그리스의 허를 찌른 움직임이었다.

"아무래도 네가 제일 성가시거든. 나쁘게 생각하지는 말라고!"

티파니에의 발차기가 잉그리스에게 명중했다.

그래도 에테르 셸과 빙룡 갑옷을 입은 잉그리스에게는 큰 타격이 아니었다. 티파니에도 그 사실을 잘 알고 있었다.

하지만 무게중심이 불안정한 상황이었기에 잉그리스의 몸은 멀리 튕겨 나가고 말았다.

"……!"

잉그리스의 뒤쪽에는 글레이프릴 석관이 있었다.

신성한 유물이다 보니 불경한 짓일지도 모르지만, 잉그리스는 석관을 발판으로 삼아서 자세를 바로잡을 생각이었다.

하지만 공중제비를 넘어 석관에 발을 디디려던 그 순간…….

"월킨 박사!"

"지금입니다!"

어느새 황금색 할버드에서 인간의 모습으로 돌아온 샤를롯테가 티파니에와 함께 외쳤다.

"가둬버려어어어!"

맥웰이 뒤를 이어 외쳤다. 그가 바라보는 곳에는 어느샌가 거인의 어깨에 올라탄 월킨 박사가 있었다.

"알았다니까~. 그러면 오픈♪"

월킨 박사가 손가락을 딱 튕기자, 잉그리스가 발판으로 삼으려던 부분이 사라지며 석관이 활짝 열렸다.

""앗……!""

갑작스러운 일이었기에 잉그리스도 멈출 방법이 없었다.

잉그리스의 자그만 몸은 그대로 석관 안으로 빨려 들어갔다.

그리고 다시 빠져나올 새도 없이 석관의 출입구가 닫히고 말았다.

잉그리스가 석관 안쪽에 갇혀버린 것이다.

"크리스?! 크리스……!"

"하, 한번 안에 들어가면 안쪽에서는 열 수 없다고 들었는데?!"

다만 이는 어디까지나 월킨 박사의 주장일 뿐이었다. 잉그리스라면 평소처럼 상식을 깨고 안에서 튀어나올지도 몰랐다.

하지만 그렇다고 해서 잠자코 있을 수는 없었다.

"열어요! 크리스를 꺼내줘요, 월킨 박사님!"

라피니아가 외쳤다. 그러자 티파니에가 라피니아를 걸어찼다.

"아아아앗……?!"

"조용히 해. 너를 상대하고 있을 시간은 없어."

"으, 으윽! 비켜! 당신이랑 할 말 없어! 크리스가!"

설상가상으로 잉그리스의 자세를 무너트렸던 균열이 글레이프릴 석관 쪽으로 번져 나갔다.

근처의 벽이 무너지며 바닷물이 흘러들기 시작했다.

눈 깜짝할 사이에 라피니아의 무릎까지 물이 차올랐다.

"하하하하하! 좋아, 마무리다아아!"

콰과아아앙!

얼굴 없는 거인이 글레이프릴 석관이 놓인 바닥을 후려쳤다.

그 일격이 결정타가 되어 지반이 붕괴하고 말았다.

결국 글레이프릴 석관은 한쪽으로 크게 기울면서 바닷속으로 자취를 감추었다.

"바닷속 저편으로 사라져 버려라아아앗!"

맥웰의 만족스러운 웃음소리가 울려 퍼졌다.

"뭐?! 아니, 아니야……! 말도 안 돼! 기다려, 크리스! 내가 구해줄게!"

라피니아는 잉그리스를 쫓아 바닷속으로 뛰어들려 했다.

"안 돼요, 라피니아!"

바로 그때, 리제롯테가 라피니아를 막았다.

바닷속으로 뛰어드는 라피니아를 공중에서 낚아채 끌어 올린 것이다.

"리, 리제롯테?! 어째서 말리는 거야! 크리스가……! 서두르지 않으면 크리스가 바닷속에 잠겨버릴 거야!"

"내, 냉정하게 판단하세요! 아무런 준비도 없이 뛰어들면 도리어 라피니아가……!"

리제롯테도 눈물을 잔뜩 머금은 라피니아를 막으려니 마음이 괴로웠다.

하지만 이대로 라피니아를 보낸다고 문제가 해결될 것 같지는 않았다. 오히려 라피니아 본인이 위험해질 뿐이었다.

잉그리스는 리제롯테의 상식을 한참 뛰어넘은 인물이다.

어쩌면 태연한 얼굴로 돌아와 줄지도 몰랐다.

잉그리스는 멀쩡히 돌아왔는데 정작 라피니아가 바다에 빠져 죽어 버렸다면 비극이 아닐 수 없다.

한편, 글레이프릴 석관은 거꾸로 뒤집힌 채 바닷속으로 가라앉고 있었다.

가라앉는 석관 근처에 빛을 발하는 복잡한 문양이 보였다.

저것이 하이랜드를 지탱하는 부유 마법진일까?

부유 마법진은 더 이상 가라앉지 않는 것을 보면 한동안은 부력이 유지될 듯했다.

하지만 글레이프릴 석관은 순식간에 절망적인 깊이로 가라앉고 있었다.

맑고 투명한 바다였기에 그 모습이 더욱 뚜렷하게 보였다.

"아아아아……! 크리스! 크리스으으으으!"

눈물을 흘리며 날뛰는 라피니아를 리제롯테가 억누르고 있었다.

한편, 반대쪽에 부축하고 있는 레오네는 의식을 잃은 채 깨어날 기미가 없었다.

"핫하하하하하하하! 애국심! 최후에는 세상을 위해 싸우는 자가 승리하는 것이다! 그것이 이 세상의 섭리!"

"하아……. 전혀 공감이 안 되는걸. 무엇보다 소리가 너무 커."

만족스러워 보이는 맥웰과, 지긋지긋한 표정을 짓는 티파니에.

"그나저나 에리스 언니도 저 안에 있다는 건가……. 이제 편히 쉬도록 해. 그 아이 정도면 공물로는 충분하겠지."

티파니에는 어딘가 먼 곳을 바라보는 눈으로 쓸쓸한 표정을 지었다.

아무런 말도 없었지만, 샤를롯테도 여전히 건재했다.

"큭……!"

이 강대한 적들을 상대로 어떻게 해야 한단 말인가?

리제롯테는 속으로 절망적인 심정을 느꼈다.

"항복을 권고합니다. 윌킨 박사의 자녀분이 얌전히 저희를 따른다면 이 이상 공격하지 않겠습니다."

거인의 어깨에 서 있던 샤를롯테가 선언했다.

"그 제안을 받아들이지. 단, 희망자는 나와 동행할 것을 허락해 줬으면 한다."

빌마가 대답했다. 리제롯테도 그녀의 말에 토를 달지 못했다.

"이런!"

새까만 공간으로 뛰어든 잉그리스는 바닥에 발이 닿자마자 다시 문을 향해 뛰어올랐다.

하지만 잉그리스의 코앞에서 석관의 문이 소멸하고 말았다.

"윽……?!"

그 결과, 잉그리스는 원래 문이 존재했던 지점을 통과해 먼 거리를 이동하고 말았다. 완전히 다른 공간에 격리되고 말았다는 증거였다.

"이거 큰일이네……."

틈새의 석문, 아니, 글레이프릴 석관은 안에서 나올 수 없는 구조로 되어 있다. 신이나 디바인 나이트가 바깥에서 개방할 수 있을 뿐이었다.

시간의 흐름도, 공간 자체도 바깥과 단절된 이공간.

바깥에서 문을 열었을 때만 외부와의 연결되는 곳이다.

그러니 아무리 에테르를 사용하더라도…….

"에테르 스트라이크!"

쿠고고오오오오오오!

에테르로 이루어진 광탄은 어디에도 부딪히지 않고 한없이 멀리 나아갈 뿐이었다.

이래서야 무엇을 파괴하면 되는지조차 불명이었다.

"흐음……."

어서 돌아가지 않으면 라피니아가 걱정할 것이다.

귀여운 손녀딸을 걱정시키는 짓은 보호자로서 피해야 했다.

아직 밖에는 티파니에와 맥웰, 샤를롯테도 있었다. 라피니아가 무사할지도 걱정이 되었다.

불행 중 다행이라면 이곳의 시간의 흐름이 바깥과 다르다는 점이었다. 여기서 많은 시간을 보내더라도 바깥에서는 약간의 시간밖에 흐르지 않을 것이다.

생각하는 사이, 잉그리스의 옆으로 누군가가 스쳐 지나갔다.

하늘색이 섞인 은발을 지닌 아름다운 소녀였다.

소녀는 불안한 얼굴로 주변을 두리번거리며 걸어가고 있었다.

"베네픽의 멜티아 황녀……?!"

잉그리스는 그녀를 멈춰 세우기 위해 손을 뻗었지만, 잉그리스의 손은 그녀를 통과해 지나쳐 버렸다. 실체가 없는 환상이었다.

"공간의 기억……?"

그러고 보니, 전생에 틈새의 석문에서 수행했을 때도 비슷한 현상을 겪었다.

물론 그때 보았던 사람은 멜티아 황녀가 아니었다. 잉그리스 왕 이전에 이곳에 들어왔던 수행자였다.

고독하고 단조로운 수행의 나날에서 그 광경은 약간의 기분 전환이 되어주었다.

즉, 이것은 이 공간이 기억하는 과거의 광경이었다.

이윽고 멜티아 황녀 근처에 또 한 명의 인물이 나타났다.

"에리스 씨……."

에리스가 멜티아 황녀보다 먼저 이곳에 들어왔으니 조금 더 늦게 나타나는 것이 이치에도 맞았다.

에리스는 불안한 기색 없이 당당하게 앞으로 걸어 나갔다. 멜티와 황녀와는 대조적이었다.

에리스는 이곳에 들어오는 것이 처음도 아니거니와, 각오부터가 달랐다.

일단은 공간의 기억이 비춰주는 에리스와 멜티아를 쫓아가 보기로 했다.

잉그리스는 아무것도 없는 새까만 공간을 따라 걸어갔다.

이윽고 희미한 빛을 발하는 기둥, 아니, 원통형의 장치가 보였다.

총 두 개의 장치가 나란히 세워져 있었다.

원통형의 중심부는 투명한 유리로 되어 있었고, 내부에는 뭔지 모를 액체가 가득 차 있었다. 그리고 그 안으로 인간 여성의 모습이 보였다.

"이게 하이랄 메나스? 하지만 저건……!"

장치 자체에는 놀랄 이유가 없었다.

이곳은 하이랄 메나스의 제조 시설인 글레이프릴 석관이니까.

문제는 장치 내부에 있는 인물이었다.

나란히 세워진 장치 중 한쪽에는…….

"시스티아 씨……."

붉은 머리에 강한 의지가 깃든 눈빛.

혈철쇄 여단의 하이랄 메나스인 시스티아였다.

하지만 이것도 그렇게 놀랄 부분은 아니었다.

시스티아는 하이랄 메나스이니 결국에는 어디선가 만들어졌을 수밖에 없다.

그곳이 바로 이곳, 일루미너스의 글레이프릴 석관이었을 뿐이다.

하지만 문제는 반대쪽 장치였다.

잉그리스가 상상조차 하지 않았던 인물이 안에 들어있었다.

"유, 유아 선배?!"

틀림없다. 유아였다.

어째서 유아가 이곳에 있는 것일까?

유아도 하이랄 메나스였단 말인가?

하지만 본인에게서 이렇다 할 설명은 없었다. 게다가 유아에게서는 하이랄 메나스 특유의 기척도 느껴지지 않았다.

물론 유아의 강함을 생각하면 하이랄 메나스라고 해도 어느 정도 납득은 되지만.

애초에 왜 이곳에서 하이랄 메나스로 만들어진 유아가 기사 아카데미에 다니고 있던 것일까.

따지고 보면 이상하기는 시스티아도 마찬가지였다. 일루미너스에서 만든 하이랄 메나스가 어째서 반하이랜드 조직인 혈철쇄 여단에 있는 것일까?

아마도 시스티아가 충성을 바치고 있는 혈철쇄 여단의 수령, 흑가면과 관계가 있을 것이다.

바로 그때, 불현듯 위쪽의 벽이 붕괴하며 파편들이 쏟아져 내렸다.

"앗!"

바깥 공간과 연결된 것일까?

무슨 일이 발생했는지는 불명이지만, 탈출할 기회였다.

"아니, 잠깐. 이것도 환상이야……!"

잉그리스는 손을 휘둘러 파편을 막아내려 했지만, 파편은 그대로 손을 통과해 버렸다.

즉, 이것도 공간의 기억이자 과거에 일어났던 일이다.

에리스와 베네픽의 황녀가 글레이프릴 석관에 들어가기 전, 유아와 시스티아는 이곳에 들어와 있었다.

그리고 그 무렵에 석관의 벽이 외부에서 파괴당했다.

파편들 사이에서 몸을 일으키는 누군가의 뒷모습이 보였다.

석관의 벽을 파괴하고 들어온 인물일 것이다.

뒷모습밖에 보이지 않지만, 청년 남성이었다.

이런 짓이 가능한 것은 신이나 디바인 나이트 정도일 것이다.

그렇다면 뒷모습밖에 보이지 않는 저 인물의 정체는 혈철쇄 여단의 흑가면일 가능성이 높다.

어쩌면 흑가면이 시스티아와 처음 만나는 순간을 보고 있는 것이 아닐까.

하지만 유아가 기사 아카데미에 입학한 경위는 아직도 이해되지 않았다.

그런 잉그리스의 의문에 답하듯 공간의 기억이 다음 광경을 비추었다.

흑가면으로 짐작되는 인물은 글레이프릴 석관의 윗부분을 뚫고 침입했지만, 침입할 때의 충격으로 바닥까지 파괴되고 말았다.

글레이프릴 석관을 내부에서 파괴하는 것은 불가능하다. 하지만 외부와 물리적으로 연결된 상태에서는 충격을 받아 파괴될 수 있었다.

결국 석관은 윗부분만 아니라 아래쪽의 벽에도 구멍이 나고 말았다.

그리고 그 벽은 유아가 들어있는 장치 바로 앞에 있었다.

곧 장치가 기울어지더니, 구멍 너머로 떨어지고 말았다.

"떨어졌어!"

청년도 놀라서 구멍 바깥을 바라보았다.

잉그리스도 바깥의 모습을 볼 수 있었다.

하늘이 보였고, 한참 밑으로 지상이 있었다.

당시에는 글레이프릴 석관이 다른 장소에 존재했던 걸지도 몰랐다.

그리고 멀리 떨어진 육지에 무지갯빛으로 빛나는 무언가가 보였다.

"지상의 저건……? 프리즈마?"

유아는 흑가면이 글레이프릴 석관으로 침입해 들어왔을 때의 충격으로 프리즈마가 있는 곳에 떨어지고 말았던 것일까?

그 이후에 무슨 일이 있어야 기사 아카데미에 입학하게 되는 것일까.

본인에게는 하이랄 메나스가 되기 전의 기억이 전혀 없는 눈치였다.

유아의 평소 모습이 모두 연기였을 가능성도 있지만, 아무리 그래도 그건 아닐 것이다.

"기억을 잃은 건가?"

샤를롯테도 리제롯테에 대해서 아무것도 기억하지 못하고 있었다.

하이랄 메나스가 되면서 기억을 잃는 경우도 있다는 것일까? 그것이 의도적인지, 우발적인지는 불명이지만.

그렇다면 유아는 기억을 잃은 채로 지상에 추락했고, 그때의 충격으로 하이랄 메나스가 되다 만 상태로 깨어나, 세상을 떠돌다가 기사 아카데미에 입학하게 되었다고 정리해 볼 수 있을 것이다.

유아의 기척이나 프리즈마의 힘을 흡수하던 특성 등을 감안하면 하이랄 메나스화가 제대로 완수되지 않은 건 확실해 보였다.

적어도 아카데미에 입학한 경위에 대해서는 물어보면 대답해 줄지도 몰랐다.

유아의 성격을 생각하면 제대로 기억하고 있을지 미심쩍긴 하지만.

어쨌든 기사 아카데미로 돌아가면 이야기를 들어보기로 했다.

"돌아갈 수나 있을지 걱정이지만."

어느새 공간의 기억이 전부 사라졌다. 에리스도, 멜티스 황녀도, 유아와 시스티아도, 흑가면으로 짐작되는 청년도.

"그러면 시작해 볼까……!"

돌아가기 위한 노력을.

잉그리스는 아무것도 없는 공간에서 홀로 자세를 잡았다.

"잘 먹었습니다……."

라피니아가 뼈만 남을 생선을 접시에 돌려놓으며 말했다.

"그, 그걸로 괜찮겠어, 라피니아?"

"아직 1인분밖에 안 먹었잖아요?"

레오네와 리제롯테가 걱정스러운 얼굴로 말했다.

라피니아의 평소 식성을 생각하면 부자연스러울 정도로 적은 양이었다.

그날 이후로 닷새가 지났다.

샤를롯테의 항복 권고를 받아들인 빌마는 윌킨 박사와 함께 일루미너스를 떠나 교주련으로 향했다.

항복 당시 빌마가 내걸었던 조건대로 다른 하이랜더들도 희망자들의 동행을 허락받았다.

그 결과 피난민 중 7할이 교주련으로 떠나게 되었고, 나머지 3할은 붕괴하는 일루미너스에 남게 되었다.

라피니아와 레오네, 리제롯테도 그 3할의 인원들과 함께하기로 정했다.

현재 일루미너스에 남아있는 육지는 중앙 연구소 주변의 극히 일부분에 불과했다. 지하는 거의 수몰되고 말았다.

중앙 연구소 건물은 절반 이상이 무너져 버렸지만, 가까스로 비바람을 막는 역할은 해주고 있었다.

식량은 지금 라피니아 일행이 먹고 있듯이 바다에서 잡은 물고기로 해결하고 있었다.

그렇게 근근이 버티면서 다른 삼대공파의 구조를 기다리는 중이었다.

세오도어 특사에게 연락이 닿는다면 카랄리아 본국에 구조를 요청할 수도 있었다.

"물고기도 슬슬 질렸거든……. 오늘은 이만 먹을래. 나, 잠깐 나가서 산책하고 올게."

라피니아는 그렇게 말하며 중앙 연구소 밖으로 향했다.

"으, 응……. 다녀와."

"조심하세요."

"응. 걱정 마."

라피니아가 미소 지으며 대답했다. 하지만 평소의 발랄함은 찾아볼 수 없었다.

적어도 레오네와 리제롯테가 보기에는 그랬다.

먹는 양이 평소보다 적은 것도 물고기가 질려서가 아닐 것이다.

"……식사뿐만이 아냐. 밤에도 제대로 못 자고 있나 봐."

잘 먹고 잘 잔다는 표현이 딱 들어맞는 라피니아답지 않은 모습이었다.

"그럴 수밖에요."

"그렇지."

라피니아의 기분은 레오네와 리제롯테도 이해하고 있었다.

이해뿐만 아니라 실감도 할 수 있었다.

왜냐하면 두 사람 역시 괴로우니까.

처음에는 '잉그리스라면 어떻게든 하겠지'라는 생각도 들었다. 하지만 하루하루가 지나면서 살아있을 것이라는 믿음이 조금씩 꺾여갔다.

라피니아 앞이라서 우는 소리를 못 했을 뿐, 레오네와 리제롯테도 혼자 있을 때는 눈물을 흘리곤 했다.

잉그리스는 어떤 상황에서든 강적과 싸울 생각만 하고, 강해지는 것밖에 모르는 이상한 성격의 소유자였다. 하지만 그런 잉그리스의 실력과 태도가 듬직하게 느껴지는 것도 사실이었다.

어떤 절망적인 상황에서도 잉그리스가 있다면 결국에는 어떻게든 해결될 것 같다는 생각이 들었다.

게다가 그렇게 가공할 실력을 지녔으면서 단 한 번도 으스대는 일이 없었다. 라피니아뿐만 아니라 레오네와 리제롯테, 그리고 주변 사람들에게도 친절하게 대해주었다.

　싸움밖에 모르는 것처럼 굴다가도 때로는 어떻게 이런 생각을 해냈을까 싶을 정도로 속 깊은 이야기를 하기도 했다.

　흡사 나이 많은 어른과도 같은 포용력이 느껴졌다.

　어떻게 그런 포용력을 갖췄는지는 불명이지만, 옆에 있으면 굉장히 안심되는 존재였다.

　그런 인물을 잃어버린 심정이 오죽할까.

　두 사람도 이토록 괴로운데, 태어나서 평생을 함께한 라피니아의 상심은 상상을 초월할 것이다.

　그래서 혼자 있으려는 라피니아를 차마 말릴 수가 없었다. 두 사람이 할 수 있는 것은 그저 지켜보는 것뿐이었다.

　분명 라피니아도 아무도 없는 곳에서 울고 싶을 거다.

　레오네와 리제롯테에게 그 모습을 보여주지 않으려고 애쓰는 것이다.

　"결국 아무것도 못 했어. 잉그리스도, 에리스 씨도 잃어버린 데다가 일루미너스도 이런 상태가 되어버렸는걸……."

　"빌마 씨에게 도움을 받아버렸네요……. 감사하다는 말을 전해야 하는데."

　사실상 졌다고 표현할 수밖에 없는 상황이었다.

　빌마가 항복을 받아들여 다른 이들의 안전을 보장받지 않았더라면 남아있는 하이랜더들이나 라피니아 일행도 어떻게 되었을지 알 수 없었다.

게다가 그 항복도 샤를롯테가 온정을 베푼 덕분이었다.

여차하면 빌마를 납치하고, 남은 자들을 섬멸하는 것도 가능했다.

아마도 지휘권이 맥웰과 티파니에 두 사람에게만 있었다면 틀림없이 그렇게 했을 것이다.

맥웰은 카랄리아의 적국인 베네픽의 장군이고, 티파니에는 이전에 알카드에서 패퇴시킨 적이었다.

베네픽의 장군으로서는 카랄리아의 전력을 조금이라도 줄이는 편이 이득이다. 티파니에도 라피니아 일행에게 원한을 갖고 있었다.

샤를롯테가 이들을 억제해 준 덕분에 지금의 상황을 맞이할 수 있었다.

윌킨 박사도 샤를롯테의 제안을 막지 않았다.

보기와 다르게 윌킨 박사는 빌마를 아꼈다. 박사도 빌마가 순순히 따라줘서 안심하는 눈치였다.

그리고 샤를롯테는 일루미너스를 떠나기 전 리제롯테에게 "당신은 어떻게 할 거죠?"라고 물었다.

레오네는 기절한 상태였고, 라피니아는 제정신이 아니었기 때문에 기억하지 못할 테지만.

어쨌든 샤를롯테의 그 말은 결국 자신과 함께 갈 것이냐는 뜻이었다. 하지만 리제롯테는 라피니아와 레오네를 버리고 갈 생각이 없었다. 무엇보다 리제롯테에게는 카랄리아라는 고향이 있었다.

리제롯테가 제안을 거절하자 샤를롯테는 아쉬운 표정을 지어 보였다. 그 모습을 보니 역시 남이라는 생각이 안 들었다.

이름도 그렇고, 생김새도 비슷했다.

샤를롯테가 빌마에게 항복을 권고한 것도, 리제롯테에게는 마치 자신을 살리려는 것처럼 느껴졌다. 샤를롯테의 행동에서 모성애라 할 수 있는 무언가를 본 것이다. 그리고 그것이 모성애였기를 기대하는 자신이 있었다.

어쨌든 무사히 돌아가면 아버지에게 이번 일을 설명하고 자세한 이야기를 들어볼 생각이었다.

그리고 만약 샤를롯테가 정말로 자신의 어머니라면 아버지와도 만나게 해 드리고 싶었다. 다시 가족이 되어서 화목하게 지낼 수 있다면 더 좋을 것이다.

"어쨌든 무사히 돌아가지 못하면 이번 일을 보고할 사람도 없어질 거야."

레오네의 말에 리제롯테도 동감했다.

"그렇네요……. 하지만 저희가 할 수 있는 일이 없다는 게 괴로워요."

레오네와 리제롯테의 능력으로는 다른 삼대공파에 구원 요청을 보내는 것도, 카랄리아에 연락을 넣는 것도 불가능했다.

요 며칠 마이스를 비롯한 잔류파 하이랜더들이 중앙 연구소의 연락 기능을 복구하려 애쓰고 있었다. 그래서 무사히 복구되기만을 기다리는 중이었다.

카랄리에서 가져온 스타 프린세스호는 아직 무사했지만, 남아 있는 사람들을 놔두고 떠나는 선택지는 없었다.

애초에 이곳은 바다 한복판에 위치한 외딴섬이다.

플라이 기어 한 대로 여기서 카랄리아까지 날아가기란 무리였다.

프리즘 플로와 마석수로부터 남아있는 하이랜더들을 지키고, 주변 바다에서 물고기를 낚아 식량을 보충하는 것이 며칠간 세 사람에게 주어진 역할이었다.

마이스를 비롯한 하이랜더들은 마법이라는 힘을 다룰 줄 알았지만, 성격도 온화하고 싸움에도 익숙하지 않은 듯 보였다.

마석수에게도 강한 공포심을 가지고 있어서 호위를 맡은 세 사람에게 크게 감사하는 상황이었다.

도시 방어는 빌마를 비롯한 기사들과 기계룡들의 몫이었기 때문이다.

빌마는 윌킨 박사를 따라가면서 기계룡들을 전부 놔두고 갔다. 하지만 기계룡을 조종하는 것은 하이랜드의 기사 계급 이상만 가능했다. 긴급용 제어 장치가 존재하지만 이를 활성화하기 위해서는 별도의 복구 작업이 필요했다. 결국 현재 기계룡들은 중앙 연구소에서 자리만 차지하고 있었다.

"어쨌든, 라피니아 몫까지 잔뜩 먹어두자! 내일도 잔뜩 낚으려면 체력을 보충해 둬야 해!"

레오네는 그렇게 말하며 잘 구워진 생선 꼬치를 집어 들었다.

레오네의 말대로 지금으로서는 이 정도가 최선일지도 몰랐다.

"그렇네요. 주어진 상황에 최선을 다해야겠죠."

리제롯테도 미소를 지으며 생선 꼬치를 집어 들었다.

그렇게 열심히 생선을 먹는 두 사람.

"그나저나 저희는 원정을 나가면 늘 한 가지 음식만 먹게 되네요."

라피니아도 말했지만, 끼니마다 생선만 먹으려니 아무래도 물렸다.

예전에 알카드에 원정을 나갔을 때는 용 고기만 먹으며 생활했었다. 그때도 신물이 났는데, 고기 다음에는 생선이었다.

"요, 용 고기보다 살은 덜 찌겠지. 아마도……."

알카드에서 고기만 먹으며 생활했을 당시에 레오네와 리제롯테는 살이 찌는 경험을 했다.

문득 옷이 꽉 낀다는 것을 알아챈 두 사람은 비명을 지르고 말았었다.

잉그리스와 라피니아는 레오네와 리제롯테보다 몇 배는 더 먹으면서도 전혀 살이 찌지 않는 이유가 무엇일까. 너무 치사하다는 생각이 들었다.

"이번에는 정말로 괜찮은 거겠죠?"

리제롯테는 살짝 불안한 모양이었다.

"그, 글쎄? 입은 옷이 평소랑 달라서 잘 모르겠어."

이곳에 올 때는 기사 아카데미의 교복을 입고 왔지만 일루미너스에 도착한 뒤부터는 의식용 의상으로 갈아입은 상태였다.

이 의식용 의상은 편하고 느슨하게 만들어진 옷이라서 살이 쪘는지 확인할 수가 없었다.

""…….""

갑자기 불안해진 두 사람.

확인할 방법은 한 가지뿐이었다.

"……레오네. 잠깐만 저쪽을 쳐다봐 줄래요?"

"그러면 리제롯테는 저쪽을 봐줘."

두 사람은 서로를 쳐다보지 않으려 애쓰면서 상의를 벗었다.

속옷을 체크하기 위해서였다.

속옷은 지상에서 입고 온 것 그대로였기 때문에 속옷이 얼마나 끼는지, 살이 얼마나 삐져나왔는지를 눈으로 확인한 것이다.

"어때요? 레오네?"

"아직은 괜찮은 것 같아. 다행이다……."

"저도요. 안심했어요."

두 사람이 안심하며 가슴을 쓸어내린 그 순간.

"레오네! 리제롯테!"

밖에서 귀환한 라피니아가 두 사람을 향해 달려왔다.

""꺄악?!""

화들짝 놀라서 서로를 끌어안은 두 사람. 하지만 그 행동이 오해를 부르고 말았다.

　"어?! 어, 어어…… 앗! 그렇구나, 그렇게 된 거였구나. 하긴, 딱히 이상하지도 않지. 사이가 좋은 건 축하할 일이니까. 음음……."

　라피니아가 혼자서 엄청난 착각을 하며 고개를 끄덕이고 있었다.

　"즐기는 도중에 미안해. 계속해, 계속……!"

　""오해야!""

　"에이, 숨길 필요 없대도♪"

　손바닥을 절레절레 내젓는 라피니아.

　마치 동네 아주머니 같은 동작이었다. 침울한 모습보다는 훨씬 나았다.

　"오해라니까!"

　"잠깐 확인해 봤을 뿐이라고요!"

　"응응. 서로의 마음을 확인해 봤다 이 말이지?"

　"아니라고 했잖아!"

　"아니라고 했잖아요!"

　레오네와 리제롯테가 입을 모아 강력하게 부정했다.

　"살이 찌지 않았는지 확인해 봤을 뿐이에요!"

　"응? 정말이야? 뭔가 두근거리는 광경이었는데."

　아쉬워하는 라피니아.

　"네 착각이야! 뭐, 방금보다 기운 차 보여서 다행이긴 하네."

레오네가 말했다. 실제로 라피니아는 눈을 반짝이며 즐거워하고 있었다.

그렇게 생각하면 착각도 때로는 도움이 되는 모양이었다.

"어? 나 기운 없었어?"

"응? 마, 맞아……. 예전보다 먹는 양도 줄었잖아."

"그건 정말로 물고기가 질려서 그랬던 건데. 내일부터는 다시 잔뜩 먹을 거야."

"저희한테 걱정을 끼치지 않으려고 혼자서 울고 있는 줄 알았어요."

"아, 아하하하. 크리스가 바닷속에 빠졌을 때는 놀라서 엉엉 울었지만, 지금은 괜찮아. 울어봤자 변하는 건 아무것도 없으니까. 미안해, 걱정하게 해서."

라피니아가 쑥스러운 듯이 웃으며 말했다.

"그러면 정말로 산책하고 온 거야?"

"어, 아니……. 잠수 연습을 좀 했어."

""잠수?!""

레오네와 리제롯테가 입을 모아 외쳤다.

"서, 설마 맨몸으로 글레이프릴 석관을 찾으러 가려고?!"

"아, 아무리 그래도 그건 너무 무모해요!"

"그렇게 말할 줄 알고 몰래 연습했어."

""…….""

딱히 틀린 말은 아니었다.

레오네도, 리제롯테도 자기도 모르게 무모하다는 말이 튀어나왔으니까.

"그래도 만약 크리스가 잠수하겠다고 나섰다면…… 정말로 가능했을 것 같지 않아?"

"하긴. 그렇게 생각했을지도 몰라."

"맞아요. 잉그리스라면, 하고 납득했을 거예요."

"그렇지? 실은 크리스가 바다에 빠지기 전에 나한테 말했거든. 나한테 크리스의 힘이 깃들었을지도 모른다고. 태어났을 때부터 함께해 왔기 때문이라나 봐. 드래곤 로어가 크리스와 마인무구에 깃든 것처럼 말이야."

"그런 게 가능해? 난 잘 모르겠는데……."

"하지만 실제로 드래곤 로어가 마인무구에 깃든 건 사실이에요. 불가능하다고 단정할 수는 없겠어요."

"만약 그 힘을 다룰 수 있다면 잠수도 가능하겠다는 생각이 들었어! 그래서 연습한 거야! 아무것도 하지 않고 울고만 있는 것보다는 훨씬 낫잖아?"

그렇게 말하며 짓궂은 미소를 지어 보이는 라피니아.

라피니아의 밝은 모습을 마주하며 이야기를 듣는 사이, 레오네와 리제롯테도 마음속의 구름이 걷히는 기분이 들었다.

라피니아는 강하다.

누구보다 괴롭고, 힘들 텐데도 잉그리스가 살아있다고 믿고 한발 앞서서 행동하고 있었다.

그 잉그리스와 함께하면서도 열등감 한 번 느끼지 않고 올곧게 서 있을 수 있는 것은 이 강한 마음 때문이었다.

레오네와 리제롯테는 그런 라피니아를 본받고 싶다고 생각했다.

저렇게 보여도 라피니아에게는 타인을 이끌 지도자의 자질이 있는 걸지도 몰랐다.

라피니아를 미소 짓게 해주고 싶었고, 그 미소에서 힘을 얻을 수 있었다.

"알겠어. 그럼 나도 도울게!"

"저도요!"

바로 그때였다.

"라피니아 씨! 레오네 씨! 리제롯테 씨!"

마이스가 헐레벌떡 달려오며 외쳤다. 그리고 마이스는 속옷 차림의 레오네와 리제롯테를 목격하고 말았다.

"으앗……! 죄, 죄송합니다! 서두르느라!"

얼굴을 빨갛게 물들이며 고개를 돌리는 마이스.

"우, 우리야말로 미안해!"

"지금 바로 입을게!"

"무슨 일이야, 마이스?"

레오네와 리제롯테가 옷을 입는 사이 라피니아가 물었다.

"멀리서 무언가가 접근해 오고 있어요! 여러분께 알려야겠다고 생각해서……!"

라피니아가 그 말을 듣고 짝 손뼉을 쳤다.

"아, 맞다! 나도 해변에서 뭔가를 봤거든! 그래서 두 사람을 부르러 온 거였어!"

"뭔가라니…… 혹시 마석수?!"

"그렇다면 당장 쓰러트리러 가야 해요!"

"내 말이! 얼른 가자!"

"저도요!"

"알겠어, 마이스. 하지만 무슨 일이 있으면 곧바로 돌아와야 해!"

"네. 고맙습니다, 라피니아 씨!"

라피니아 일행은 중앙 연구소 지역의 폐가에서 뛰어내렸다.

거대한 기술 도시였던 일루미너스는 얼마 전의 습격으로 형태를 알아볼 수 없을 만큼 파괴되었다. 현재는 중앙 연구소 주변의 육지만이 조금 남아있을 뿐이었고, 그 크기는 기존의 10분의 1에도 미치지 못했다. 기껏해야 자그만 섬 정도의 규모였다.

그래서 해변까지 가는 데 걸리는 시간도 금방이었다.

폐가 앞에 세워둔 스타 프린세스호를 타면 30초도 걸리지 않았다.

"뭔가가 보이기는 하는데…… 저게 뭐지?"

"잘 모르겠어. 뭐가 있다는 건 알겠는데."

"밤이라서 잘 안 보이네요."

스타 프린세스호에 올라타 수면을 바라보니 여러 개의 거대한 그림자가 바다를 통해서 다가오고 있었다.

하지만 날이 어두워 정확한 실체를 파악할 수가 없었다.

"마석수라면 벌써 습격했을 텐데……. 그냥 물고기인가?"

일루미너스에 도착한 뒤로 물고기형 마석수와도 여러 차례 전투를 치렀다. 하지만 물고기형 마석수들은 하나같이 보자마자 달려드는 포악한 녀석들이었다.

"잠시만요. 보기 쉽게 해드릴게요!"

마이스가 해변을 향해 서 있는 기계룡에게 손을 내밀었다.

그러자 마이스의 손바닥과 이마의 성흔이 희미하게 반짝였다.

이것이 하이랜더가 사용한다는 마법인 것일까.

이윽고 기계룡의 가슴께에 마이스와 동일한 형태의 문양이 나타났다.

그러자 기계룡의 어깨가 열리며 해변을 향해 밝은 빛을 발산했다.

"와! 빛을 비춰준 거야?!"

"네. 기계룡에는 조명도 탑재되어 있거든요."

"빌마 씨 없이도 기계룡을 움직일 수 있게 됐구나!"

"굉장해요! 기계룡을 움직일 수 있게 되었으니 다 함께 이곳을 탈출하는 것도 불가능하지 않겠어요!"

"맞아, 맞아! 대단한걸, 마이스!"

라피니아는 마이스를 끌어안고 머리를 쓰다듬어 주었다.

마이스는 똑똑하고 지적 호기심이 왕성한 아이였다.

그럴 만도 한 것이, 마이스는 일루미너스의 월킨 제1박사 다음

가는 기술자인 제2박사의 아들이라는 모양이었다.

마이스의 어머니인 제2박사도 일루미너스에 남아있었으며, 잔류한 하이랜더들을 통솔하는 역할을 맡고 있었다.

라피니아 일행도 마이스의 어머니와 몇 차례 만나 본 적이 있었다.

마이스도 제2박사의 소양을 물려받아 연구자로서 충분한 실력을 갖추고 있는 모양이었다.

"아…… 하지만 가능한 건 이게 다예요. 비행이나 전투 같은 기능은 아직……. 데이터 복구를 위한 술식이 아직 완성되지 않았거든요……. 모처럼 기뻐해 주셨는데 죄송합니다."

"앗, 그랬구나. 괜찮아, 괜찮아. 이것만으로도 충분히 도움이 됐어."

"그럼. 착실히 앞으로 나아가고 있다는 증거잖아."

"맞아요. 덕분에 수면이 훨씬 잘 보이는걸요."

기계룡이 비춰준 바다를 주의 깊게 바라보고 있자니, 방금 보았던 그림자가 수면 위로 고개를 빼꼼히 내밀었다.

기계룡의 조명에 이끌려 모습을 드러낸 듯했다.

비늘 대신 매끄러운 가죽을 가진 물고기로, 둥글둥글하면서도 착한 생김새가 특징이었다.

"어? 저게 뭐지? 엄청 귀엽게 생긴 물고기네?"

"끼욱, 끼욱 하고 우는데? 목소리도 귀엽다!"

"지상의 바다에는 이런 생물도 있구나! 굉장해요!"

내륙에서 자란 라피니아와 레오네, 그리고 하이랜드에서 자란 마이스는 처음 보는 생물의 등장에 눈을 반짝였다.

"아, 돌고래였군요……!"

바닷가에서 자란 리제롯테만이 유일하게 눈앞의 생물이 무엇인지를 알고 있었다.

"돌고래?! 와아아!"

"실물로 보는 건 처음이야!"

"시아로트에도 가끔 찾아오곤 했었죠. 굉장히 똑똑해서 사람과도 잘 지내는 동물이에요……! 예전에 공작가 소유의 해변에서 길렀던 적도 있어요! 그립네요."

"공작가의 영애는 기르는 동물도 기품이 있구나. 마석수를 기르려던 잉그리스랑은 딴판이야."

"아하하하……."

"뭐, 잉그리스라면 그럴 만도 하네요……."

"저, 리제롯테 씨! 제가 이 아이를 길러도 될까요?!"

"네. 우리를 보고도 도망치지 않는 걸 보면 이 애들도 우리한테 흥미가 있는 모양이에요."

"그러면 착수시킬게!"

라피니아는 스타 프린세스호를 바다로 몰고 가 시동을 껐다. 그러자 스타 프린세스호가 수면 위에 둥둥 떠올랐다.

플라이 기어도 일단은 물에 뜨도록 만들어져 있었다.

고장을 방지하기 위해서라도 별로 추천하지는 않는다고 기사 아카데미에서 배웠지만, 이번만은 특별 케이스였다.

돌고래들은 스타 프린세스호를 두려워하기는커녕 오히려 손이 닿을 거리까지 다가와 주었다.

"자, 마이스. 손으로 만져보세요."

"좋았어……. 미안, 조금만 쓰다듬을게."

다소 긴장한 얼굴로 돌고래에게 손을 뻗는 마이스.

"와, 맨들맨들해! 젖은 가지 같아! 귀엽다♪"

이미 옆에서는 라피니아가 다른 돌고래를 심하다 싶을 정도로 만지작거리고 있었다.

하지만 돌고래는 싫어하는 대신 미소를 지으며 받아들여 주었다.

"그러면 저도! 와, 진짜네! 맨들맨들해요!"

"그러게. 이렇게 만지게 해주다니. 사람을 잘 따르는 애들이구나……!"

레오네도 돌고래를 만지며 미소를 짓고 있었다.

"더 친해지면 등에 타고 헤엄칠 수도 있어요. 어릴 적 기억이지만…… 엄청 즐거웠어요."

"그런 것도 가능하군요! 타보고 싶다. 친해질 때까지 줄곧 이 근처에 있어줬으면……!"

마이스는 웃으며 돌고래의 코끝을 어루만졌다.

"그런데 어째서 이렇게 많은 돌고래들이……? 무슨 일이 있었던 걸까?"

레오네가 고개를 갸웃했다.

"원래 무리를 지어 행동하는 생물이에요. 살기 좋은 장소를 전전하며 생활하죠. 이 섬의 침수된 부분이 작은 물고기가 몸을 감추기에 제격인 장소라서 찾아온 걸지도 몰라요. 먹잇감이 풍부하니까요."

리제롯테가 그렇게 대답하는 사이…….

"아하하하하핫♪ 와~ 빠르다!"

돌고래의 등에 탄 라피니아가 수면에 있는 스타 프린세스호 주위를 빙빙 선회하고 있었다.

"에엑?! 라피니아 씨! 버, 벌써 그렇게 친해진 건가요?!"

"어, 어째서 저렇게 잘 따르는 거야?!"

"괴, 굉장하네요. 저도 며칠은 걸렸는데……."

마이스와 레오네, 리제롯테는 멍하니 라피니아를 쳐다보았다.

"눈을 지그시 바라보면서 마음을 열면 돼! 그랬더니 내가 하려는 말을…… 꺄악~♪"

돌고래와 교류하는 요령을 전수하던 라피니아의 몸이 불현듯 공중으로 떠올랐다.

라피니아를 태운 돌고래가 수면 위로 뛰어오른 것이다.

"굉장해~! 이런 것도 가능했구나! 기분 좋아~!"

라피니아는 첨벙첨벙 뛰어오르는 돌고래의 등에서 환한 미소를 지었다.

"저, 저도 저렇게 되고 싶어요! 어디 보자, 눈을 지그시 바라보면서······.”

“마음을 어떻게 열지?”

“그, 글쎄요······?”

정신론에 가까운 추상적인 방법이었다.

돌고래한테도 통할 특별한 매력이 라피니아에게 있던가, 아니면 저 돌고래가 엄청나게 사람을 잘 따르는 개체일 것이다.

“얘, 돌고래야. 혹시 바닷속 깊이 잠수할 수도 있어? 내 소중한 친구가 밑에 있거든! 마중을 나가고 싶은데, 내 힘으로는 역부족이야.”

라피니아가 돌고래에게 말을 걸었다. 그러자······.

풍덩!

돌고래가 나한테 맡기라는 듯이 밑으로 잠수하기 시작했다.

“우와! 정말로 통했어! 부럽다, 라피니아 씨······!”

“아니, 잠깐! 라피니아는 물속에서 숨을 못 쉬잖아!”

“위, 위험해요! 익사할지도 몰라요!”

돌고래와 소녀의 그림자가 바닷속 깊은 곳으로 잠수해 들어갔다.

하지만 결국 소녀의 그림자는 돌고래에게서 떨어져 나와 수면 위로 되돌아왔다.

“푸하아아앗! 하아······ 하아······. 안 되겠다. 내가 숨을 못 참겠어.”

수면 위로 올라온 라피니아가 심호흡하며 말했다.

"괘, 괜찮아요, 라피니아 씨?!"

"아, 마이스…… 응. 숨이 차서 돌고래를 따라가지 못했어."

이윽고 라피니아의 몸이 수면 위로 두둥실 떠올랐다.

아까의 돌고래가 돌아와 다시 라피니아를 등에 태운 것이다.

끼욱 끼욱 소리를 내는 모습이 마치 라피니아를 걱정하는 것 같았다.

"아하하, 미안해. 폐활량을 키워서 다시 올게."

라피니아는 그렇게 말하며 웃어 보였다.

"후우……. 걱정했어. 무사해서 다행이다."

"그래도 기분 전환은 된 것 같네요."

라피니아는 심지가 강한 아이였다.

레오네와 리제롯테가 걱정했던 것보다도 훨씬 빠르게 현실을 딛고 일어났다.

하지만 그럼에도 괴롭지 않을 리가 없었다. 슬프지 않을 리가 없었다.

그래도 이 뜻밖의 방문객과의 만남이 라피니아의 마음을 조금이나마 달래주지 않았을까.

그런 의미에서 이 돌고래들에게는 감사를 표하고 싶었다.

쿠궁…… 쿠궁…… 쿠궁…….

그때, 라피니아 일행이 있는 해변의 반대쪽 상공에서 묵직한 구동음이 울려 퍼졌다.

"……! 이 소리는?!"

"공중전함의 엔진 소리야!"

"어디서 나는 소리죠……?! 모습이 보이지 않는데요."

"잠시만요! 제가 비춰드릴게요!"

마이스가 지시를 내리자, 기계룡의 조명이 하늘로 향했다.

하지만 밤하늘의 구름에 가려진 탓인지 여전히 아무것도 보이지 않았다.

"일루미너스의 이변을 알아채고 구조하러 온 걸까? 무공 지르님? 세어도어 특사님일지도……!"

"어느 쪽이든 좋은 소식이네!"

"맞아요. 육지가 언제 수몰될지도 모르는 상황이니까요……!"

"가장 가능성이 높은 건 일루미너스의 위성 도시일까? 아니지, 기공님과 부유 마법진이 정지된 상태라면 그쪽도 움직이지 못할 텐데……."

마이스가 기술자의 얼굴로 자신의 추측을 늘어놓았다.

"뭐, 가서 확인해 보면 알겠지! 얼른 가보자!"

돌고래의 등에서 스타 프린세스호로 옮겨 탄 라피니아는 조종간을 붙잡으며 말했다.

"나중에 또 놀자. 여기서 기다려 줘!"

자신을 태워준 돌고래에게 미소를 보내는 것도 잊지 않았다.

이윽고 공중으로 떠오른 스타 프린세스호는 계속해서 고도를 높여 소리가 나는 방향으로 날아갔다.

"아, 보이기 시작했어!"

구름과 구름 사이를 통과해 다가오는 공중전함의 모습이 보였다.

"“앗……?!”"

공중전함을 목격한 순간, 일행의 얼굴에 긴장감이 감돌았다.

평범한 공중전함이었면 어느 세력의 함선인지 판단하는 데 시간이 걸렸을 것이다. 하지만 이번만큼은 예외였다.

올라타 있었다.

공중전함의 선체에 얼굴 없는 거인이 타고 있었다.

틀림없는 적이었다.

"저, 저 녀석은?!"

"돌아온 거야?!"

"그럴 수가! 교주련으로 돌아간 게 아니었나요?!"

"핫하하하하하하하!"

밤하늘에 울려 퍼지는 광포한 웃음소리. 베네픽의 장군인 맥웰이었다.

맥웰도 스타 프린세스호를 목격했는지 거인의 어깨에 서서 라피니아 일행에게 말을 걸었다.

"이거 오랜만이군요. 카랄리아의 기사분들! 샤를롯테 님은 교주련에서 내려진 명령을 완수하고 하이랜드로 돌아가셨습니다. 그러니 지금부터는 베네픽 장군으로서 나라를 위한 활동을 하도록 하겠습니다."

"그렇구나. 샤를롯테 님만 아니면 우리를 놓아줄 이유가 없다는 거네……!"

베네픽의 장군 입장에서는 최대한 적대국인 카랄리아의 전력을 깎아두고 싶을 것이다.

라피니아 일행은 기사 아카데미에 소속된 세오도어 특사의 지령을 받아서 일루미너스에 왔기 때문에 카랄리아와 무관한 개인이라고 우기기도 힘들었다. 그러니 맥웰이 이쪽을 카랄리아의 전력으로 판단하는 것도 무리는 아니었다.

"우리가 이곳을 벗어나면 될 거야!"

맥웰의 목표는 라피니아와 레오네, 리제롯테였다. 즉, 마이스를 내려놓고 다른 곳으로 날아가면 맥웰은 세 사람을 쫓아올 것이다.

그러면 일루미너스에 남아있는 하이랜더들은 전투에 휘말리지 않을 것이다.

"……!"

레오네의 말을 들은 라피니아는 잉그리스가 가라앉아 있는 바닷속을 바라보았다.

잉그리스의 곁을 떠나기 불안한 것이다.

한 번 떠나가면 다시 돌아오리라는 보장이 없었다.

자칫하면 라피니아가 떠난 사이 일루미너스가 침몰하여 두 번 다시 보지 못하게 될지도 몰랐다.

바다는 넓다. 압도적으로 넓었다.

따라서 일루미너스라는 목적지가 사라지면 이곳이 어디인지를 분간하는 것조차 불가능했다.

""라피니아…….""

라피니아의 심정을 이해한 레오네와 리제롯테는 그 이상 아무 말도 하지 못했다.

"신경 쓰지 말고 일루미너스에서 싸우세요! 그러는 편이 싸우기도 쉬울 거예요!"

마이스가 라피니아에게 말했다.

절레절레!

라피니아는 고개를 좌우로 강하게 가로저었다.

마치 자신의 망설임과 약한 마음을 쫓아내듯이.

"레오네, 리제롯테! 마이스를 육지에 내릴게! 우리는 이곳을 벗어나서 적을 일루미너스로부터 떼어놓자!"

"라피니아……. 그래, 알았어!"

"저도 이견은 없어요!"

하지만 결단을 내리고 행동을 개시하려는 라피니아 일행을 비웃듯, 거인의 어깨에 올라탄 맥웰이 씨익 웃어 보였다.

"미안하지만 당신들에게만 용건이 있는 게 아니라서요!"

맥웰의 시선은 바다에 부유중인 일루미너스를 향하고 있었다.

맥웰은 라피니아 일행에게만 용건이 있는 게 아니라고 했다. 그렇다면 이야기가 달라진다. 세 사람이 일루미너스를 벗어나도 의미가 없었다.

"……! 이 이상 무슨 짓을 저지르려는 건데! 마이스와 이곳에 남아있는 하이랜더들은 자신이 태어난 곳도, 살 곳도 잃어버렸단 말이야! 더는 돌아갈 집도 없어! 이제 충분하잖아! 그만둬!"

라피니아가 호소했지만 맥웰은 고개를 내저으며 어깨를 으쓱일 뿐이었다.

"아뇨. 그 정도로는 부족하죠. 저한테는 들리거든요. 이 거인의 원망과 고통, 신음이 말이죠……. 아니, 정확히는 이 거인을 구성하는 마나 액기스에 희생된 사람들의 목소리라고 해야 할까요?"

"마나 액기스……? 원망과 고통이라니, 그게 무슨……."

마이스가 맥웰의 말에 반응을 보였다.

""……!""

마이스는 일루미너스 제2박사의 자식이긴 했지만, 아직 아무것도 모르는 소년이었다.

마나 액기스에 대한 진실은 극히 한정된 인간에게만 공개되어 있었다. 도시의 방어를 책임지는 빌마조차 어렴풋이 눈치챈 게 고작일 정도였다.

그것을 굳이 알려줄 필요는 없다는 것이 라피니아 일행의 공통된 의견이었다.

"레오네!"

라피니아가 레오네를 돌아보았다.

라피니아는 조종간을 붙잡고 있었기 때문에 뒤쪽에 있는 레오네에게 마이스를 맡긴 것이다.

"알았어!"

레오네는 라피니아의 의도를 알아채고 뒤쪽에서 마이스의 귀를 막으려 했다.

하지만 마이스가 그녀의 손을 강하게 뿌리쳤다.

"마이스!"

"저 사람의 말을 귀담아들을 필요 없어요……!"

맥웰은 입가를 일그러뜨리며 모노클에 손가락을 얹었다.

기분 탓일까. 모노클이 음산한 빛을 발하는 것처럼 보였다.

"하하하핫! 역시 몰랐구나, 소년! 마나 액기스의 원재료는 인간이다! 너희가 자랑하던 일루미너스는 지상의 인간을 사들여 끈적거리는 액체로 만들어 버렸지! 어디에든 사용할 수 있는 만능 재료로 삼았단 말이다! 액기스에 포함된 풍부한 마나는 원래 인간에게 깃들어 있던 마나다!"

"그, 그럴 수가! 일루미너스가 노예를 사용하지 않고 지상과 공생한다는 게……."

"웃기는 말장난이지! 불쌍한 모습을 보기 싫다고 인간의 형체와 의식을 빼앗아 재료로 만드는 것이 네놈들의 방식이다! 이 악마 같은 놈들! 나는 용서할 수 없다!"

"마, 맞는 말이에요. 그렇다면 마나 코트로 만들어진 병사들도……. 일루미너스가 지상인에게 우호적이란 건 사실이 아니었군요……!"

마이스가 어깨를 떨구며 떨리는 목소리로 중얼거렸다.

"그만둬! 이런 애를 슬프게 만드는 게 뭐가 그렇게 즐거운데?! 당신이야말로 마나 액기스가 될 줄 알면서 베네픽의 반대파 인사들을 이곳에 넘겼잖아! 남 말할 자격 없어!"

"글쎄, 과연 그럴까요? 저는 그들이 마나 액기스로 변하지 않고 하이랜드에서 행복하게 살기를 원했습니다. 그래도 알고 지내던 사람들이니까요. 반역자들이 베네픽에 남아있었다면 어차피 참수형을 당했을 겁니다. 살아남기 위해서는 하이랜드로 향할 수밖에 없었죠. 결과는 이렇게 됐지만요."

맥웰은 그렇게 말하며 얼굴 없는 거인의 머리를 가볍게 두드렸다.

"본인들이 왜 죽는지 모른다면 이 악마들은 자신들이 끝까지 정의로운 줄 알겠죠? 게다가 흥미가 있거든요. 하이랜더는 지상 인에 비해서 강한 마력을 보유한 종족입니다. 심지어는 그 마력 을 독자적으로 제어할 줄 알지요. 그런 하이랜더를 녹여서 만든 마나 액기스는 도대체 어떤 성능을 보일까! 분명 엄청날 테죠! 저는 이 거인으로 직접 실행에 옮길 겁니다. 그것이 우리 베네 픽의 힘이 될 테니까요!"

"뭐?! 그 말은 마이스와 주민들을 거인에 흡수시켜서……."

"강화하겠다는 말이네! 그게 가능해?!"

"처음부터 그럴 생각으로 돌아온 거군요!"

"하이랜더뿐만 아니라 당신들도 흡수 대상입니다……! 저는 모든 것을 흡수한 이 거인과 함께 최강의 존재로 거듭나 베네픽 을 지키는 초석이 될 겁니다! 멍청한 로슈폴이 배신한 만큼 제 가 더 열심히 일해야겠죠!"

"로슈폴 선생님? 로슈폴 선생님은 그렇게 보여도 꽤 좋은 사 람이야! 적어도 당신보다는!"

라피니아의 말에 레오네와 리제롯테도 고개를 끄덕였다.

"하! 나라를 배신한 인간이 좋은 인간일 리가 없잖습니까. 최 악의 쓰레기입니다! 자, 티파니에 님! 부탁드립니다!"

맥월이 티파니에의 이름을 불렀다.

"엑! 티파니에도 있다고?!"

"하이랜드로 돌아갔던 게 아니었어?!"

"성가시게 됐네요……!"

라피니아 일행은 자세를 잡고 공중전함에 올라탄 거인을 경계했다.

하지만 티파니에는 한동안 모습을 드러내지 않았다.

"그러면 시작해 볼까."

그 목소리는 전방의 공중전함이 아닌 머리 위쪽에서 들려왔다.

"……?!"

"위쪽?!"

"공격이 와요!"

티파니에가 한쪽 다리를 치켜든 채 무시무시한 속도로 낙하해 왔다.

마치 구름에서 튀어나온 것처럼 보일 정도였다.

발뒤꿈치에 기세를 실어서 스타 프린세스호째로 격추해 버릴 심산인 듯했다.

"안 돼……!"

스타 프린세스호를 운전해 피하기에는 시간이 부족했다.

"내가……!"

가까스로 대응에 나선 레오네가 티파니에의 발을 향해서 대검을 내질렀다.

까아아앙!

티파니에의 갑옷과 레오네의 대검이 부딪히며 금속음이 울려 퍼졌다.

하지만 레오네의 다리를 지탱하고 있는 것은 육지가 아니라 공중에 뜬 스타 프린세스호였다.

기체가 충격을 감당하지 못하고 크게 기울어졌다.

"크으……! 뒤집히겠어! 마이스, 나를 꽉 붙잡아!"

"아, 네!"

"제가 지탱할게요!"

리제롯테가 스타 프린세스호에서 뛰어내려 하얀 날개를 소환했다.

그대로 기체의 밑으로 돌아 들어간 리제롯테는 기체를 떠받쳐 추락을 막았다.

"어, 어떻게든…… 버틸 수 있겠어!"

"제법 잘 막아냈네……. 하지만!"

티파니에는 대검의 칼날을 걷어차 하늘 높이 뛰어올랐다.

언뜻 보기에는 거리를 벌리는 것처럼 보였지만…….

"하하하하하하! 가라아아아아!"

맥웰의 웃음소리가 가까워졌다.

얼굴 없는 거인이 티파니에와 교대하듯 공중전함 위에서 뛰어내린 것이다.

거인은 스타 프린세스호를 후려치기 위해 거대한 손바닥을 펼

치고 있었다.

　회피 기동은 무리였다. 받아낼 수 있는 질량도 아니었다.

　"뛰어내려!"

　리제롯테가 외쳤다.

　""크읔!""

　망설일 틈은 없었다. 라피니아는 스타 프린세스호 밖으로 뛰어내렸다.

　우지끈!

　마치 벌레를 내리치듯 거인의 손바닥이 스타 프린세스호를 강타했다.

　손바닥에 격추당한 스타 프린세스호는 일루미너스의 중앙 연구소 쪽으로 수직 낙하했다.

　라피니아 일행은 간신히 거인의 공격에서 벗어날 수 있었다. 하지만 허공에 내팽개쳐진 이들은 몸무게가 사라진 듯한 기묘한 감각에 사로잡혔다.

　"우와아아악?!"

　"괜찮아, 마이스! 리제롯테가……!"

　"꺄아아아아아아아아아아아아악!"

　마이스보다 커다란 비명을 지르는 이가 있었으니, 레오네였다.

　"레오네도! 걱정할 거 없어!"

　레오네는 원래부터 약간의 고소공포증을 겪고 있었다.

　그래도 성실한 성격의 소유자인 레오네는 훈련을 통해서 플라이 기어를 조종하거나, 기체 위에서 싸우는 것 정도는 극복해 냈다. 하지만 아무래도 하늘에서 맨몸으로 떨어지는 것만큼은 무서운 모양이었다.

"레오네! 저를 붙잡아요!"

"고, 고마워……!"

리제롯테가 레오네에게 손을 내밀었다. 레오네는 그 손을 붙잡아 리제롯테의 허리에 찰싹 달라붙었다.

"라피니아!"

"응……! 고마워!"

모두가 리제롯테를 붙잡으면서 무사히 살아남을 수 있었다.

한편, 아래쪽에서는 얼굴 없는 거인이 일루미너스를 향해 낙하하고 있었다.

낙하의 충격으로 뭉개져 버린다면 좋겠지만, 마나 액기스로 만들어졌으니 금세 원래의 형태로 돌아와 버릴 것이다.

잠시 후, 거인은 반고체처럼 물컹거리며 지상에 추락했다. 이러한 현상은 어깨에 앉은 맥웰과 티파니에가 받을 충격을 완화해 주었다.

하지만 그렇다고 무게까지 사라진 것은 아니었고, 착지의 충격으로 일루미너스 전체가 한쪽으로 기울었다.

지진과도 같은 충격에 놀란 하이랜더들이 우르르 밖으로 몰려나왔다.

"저, 저건……! 저번에 습격해 왔던 녀석인가!"

"다시 돌아온 거야?! 이번에야말로 일루미너스를 침몰시키려고?!"

"아직 기계룡을 완전히 복구하지 못했는데! 이, 이제 정말로 끝인가……?!"

하이랜더들은 거인을 보고 완전히 압도된 눈치였다.

"그 말대로다, 마나 액기스 같은 걸 창조한 악마 같은 놈들아! 하다못해 지상의 나라를 위해 이 거인과 하나가 되어라! 네놈들의 마나를 바친다면 그걸로 비긴 것으로 쳐주마!"

거인이 손을 뻗어 하이랜더들을 붙잡았다.

""우와아아아아악?!""

"이런! 내려갈게요!"

그 모습을 본 리제롯테가 전속력으로 하강했다.

하지만 따라잡기에는 무리일 듯 보였다.

얼굴 없는 거인의 입가가 쩌억 찢어지며 입처럼 벌어졌다. 거인은 그 입으로 하이랜더들을 삼켜버렸다.

""아앗……!""

라피니아 일행이 비명을 지르는 가운데, 거인의 몸이 한순간 환하게 빛났다.

"호오! 그런가. 하이랜더가 맛있나 보구나, 거인이여! 하하하하하!"

맥웰을 발언으로 추측하자면 조금 전의 빛은 하이랜더들이 목숨을 잃고 마나 액기스가 되었다는 증거였다.

즉, 이미 늦었다.

"저, 저건?! 마나 액기스로 만들어진 거인이 우리를 잡아먹는 거야?!"

건물 밖으로 나온 한 하이랜더 여성이 거인을 보고 숨을 집어삼켰다.

여성은 하얀 가운을 입고 있었는데, 연구자로 보였다.

라피니아 일행과도 면식이 있는 인물이었다.

"그 말대로다아아아앗!"

얼굴 없는 거인이 손을 뻗어 여성을 붙잡았다.

"으윽······!"

"엄마아아아!"

마이스가 비명 섞인 목소리로 외쳤다.

그랬다. 그녀는 마이스의 어머니이자 일루미너스의 제2박사인 인물이었다.

거인의 얼굴에 입이 벌어졌다. 거인은 마이스의 어머니를 그곳으로 던져 넣으려 했다.

"그만두세요!"

이때 리제롯테는 지상 근처까지 도착해 있었다.

리제롯테는 두 손으로 라피니아를 단단히 붙잡고 있었고, 라피니아는 힘을 모아서 화살을 발사할 준비를 마친 상태였다.

"마이스의 어머니까지 당하게 둘 수는 없어!"

피유우우웅!

에테르의 푸른 기운을 머금은 빛의 화살이 거인의 팔을 꿰뚫어 날려버렸다.

"해냈다! 성공이야!"

사실 라피니아는 아직 에테르를 마음대로 다루지 못했다. 티파니에에게 조종당하는 레오네를 저지했을 때 이후로는 성공해 본 적이 없었다. 그래도 이번에는 무사히 성공해서 다행이었다.

"훌륭해요, 라피니아!"

"고, 굉장해! 이게 날 막아준 힘이구나……. 정말로 잉그리스 같아."

"응! 아직은 마음대로 못 다루지만. 필요할 때 발동해 줘서 다행이야!"

"엄마! 다행이다!"

마이스가 어머니를 향해 달려갔다.

"마이스! 여러분, 감사합니다. 덕분에 살았어요……!"

마이스의 어머니는 라피니아 일행에게 머리를 숙여 감사를 표했다.

"아니에요. 무사해서 다행이에요!"

"다들 긴장을 늦추지 마!"

"네. 방심은 금물이에요!"

라피니아 일행이 마이스의 어머니 앞에 착지해 대화를 나누는 사이, 거인은 떨어진 오른팔을 주워 들어 자기 몸에 붙이고 있었다.

"오오! 거인이여! 아프지 않다, 아프지 않아! 금방 붙을 거다! 이 자식, 거인의 팔을 이토록 손쉽게 날려버리다니! 이전과는 딴판이군. 잉그리스 유크스의 모래주머니가 아니었던 건가……."

"시, 시끄러워! 누가 모래주머니야!"

항의하는 라피니아. 그런데 그때, 티파니에가 맥웰의 곁으로 다가왔다.

"동요할 필요 없어요. 저도 있으니까."

"티파니에 님……. 그렇다면 힘을 빌려주시죠!"

"네, 그러죠."

"가자, 거인이여! 하아아아앗!"

티파니에의 몸이 눈부시게 빛나고, 맥웰의 몸이 거인의 흉부로 빨려 들어갔다.

파아앗!

""으……?!""

압도적인 빛이 일루미너스와 주변의 바다를 환하게 비추었다.

그리고 빛이 사그라들자, 티파니에의 황금색 갑옷을 입은 거인이 눈앞에 모습을 드러냈다.

"이건……?! 저번처럼 할버드는 아니지만……!"

"하이랄 메나스의 무기화?!"

"맞아요. 종류는 다르지만요……!"

맥웰과 거인뿐이라면 어떻게든 싸워볼 수 있었겠지만, 티파니에의 힘까지 더해지면 이야기가 달랐다.

무기화한 샤를롯테를 휘두르던 거인은 잉그리스와 싸워도 밀리지 않았을 정도로 강대한 적이었다.

그대로 계속 싸웠다면 결과가 어떻게 됐을지 모르지만 적어도 단시간에 쓰러졌을 상대는 아니었다.

지금 라피니아 일행은 잉그리스 없이 그때와 비슷한 수준의 적을 상대해야 하는 것이다.

"크리스와 싸워도 지지 않았던 적을 우리 힘만으로……!"

"그래도 싸울 수밖에 없어! 이곳에는 우리밖에 없는걸!"

"네. 그 말대로예요!"

황금색의 갑옷을 입은 거인은 라피니아 일행을 무시한 채 중앙 연구소에 주먹을 내질렀다.

"하아아앗!"

주먹이 닿기에는 한참 짧은 거리였지만…….

휘우우우웅!

주먹이 발생시킨 폭풍이 무너져 가는 중앙 연구소 건물에 직격했다.

휘몰아친 폭풍은 기어코 중앙 연구소를 완전히 무너트려 버리고 말았다.

아직 안에서 피난 중이던 하이랜더들이 헐레벌떡 밖으로 뛰쳐나왔다.

"우와아아아아아아앗?!"

"도, 도망쳐어어어!"

"무너진다! 서둘러!"

거인의 가슴팍에 파묻혀 있던 맥웰은 그 모습을 바라보면서 큰 소리로 웃었다.

"핫하하하하하! 나왔구나, 나왔어! 자, 맛있어 보이는 먹잇감이다, 거인이여!"

"안 돼! 마음대로 하게 놔두지 않겠어!"

피유우우웅!

라피니아의 강한 의지에 부응해 준 것일까. 라피니아가 발사한 화살은 푸르스름한 빛을 머금고 있었다.

하지만…….

"흐으으읍!"

거인은 황금색 건틀렛을 착용한 손으로 화살을 받아냈다.

"막아냈어?!"

역시 황금색 갑옷을 입기 전과는 차원이 달랐다.

"으하하하하하하하!"

거인은 막아낸 빛의 화살을 양손으로 감싸 짓이겨 버렸다.

푸르스름한 빛이 사방으로 흩어지며 소멸해 버렸다.

"아앗……?!"

"아쉽지만 이 정도로는 부족하다! 궁극 완전체인 이 몸! 베네픽을 위해 태어나, 베네픽을 위해 죽는 정의의 전사 앞에서는 말이지!"

맥웰이 굉장히 즐거운 듯한 목소리로 웃어젖혔다.

평소의 냉정한 모습은 온데간데없었다. 이게 원래 성격일까.

"뭐가 정의야! 이런 짓을 해놓고⋯⋯!"

라피니아는 다시금 의식을 집중시키며 활시위를 당겼다.

이번에도 에테르가 발현되리라는 보장은 없지만, 이 마인무구라면 분명 라피니아의 의지에 부응해 줄 것이다.

우지끈!

하지만 화살을 발사하려던 순간, 믿었던 마인무구에 금이 가더니 산산이 부서져 버리고 말았다.

"아앗?! 내 활이!"

"잉그리스가 내 검을 사용했을 때도 저랬는데⋯⋯!"

예전에 잉그리스가 레오네의 대검을 사용했을 때도 지금처럼 파괴된 적이 있었다. 그래서 결국 세오도어 특사에게 새로운 마인무구를 만들어 달라고 부탁해야 했다.

현재 레오네의 마인무구는 2대째였다.

또한, 잉그리스는 평소에 마인무구를 사용하지 않는 이유가 '사용하면 부서져서'라고 말했다.

잉그리스의 힘이 라피니아에게 깃들었기 때문에 마인무구가 파괴되어 버린 것일까.

"하필이면 이럴 때! 큰일이네⋯⋯!"

"마, 말도 안 돼! 마인무구가 없으면 사람들을 지킬 수가!"

"아니, 아직 몰라!"

레오네가 라피니아의 등을 두드렸다.

"레오네?"

"저길 봐!"

레오네는 거인에 파묻힌 맥웰을 가리켰다. 맥웰의 주변부에서는 무언가가 증발하며 연기가 피어오르고 있었다.

"저게 뭐죠……?!"

"지금까지는 저런 현상이 없었어. 분명 하이랄 메나스의 무기화로 인한 현상일 거야."

무기화한 하이랄 메나스는 사용자의 생명력을 소모한다. 즉, 저 상태로 프리즈마를 쓰러트릴 정도로 격렬한 전투를 치른다면 사용자의 목숨은 없는 셈이었다.

"저 힘도 영원히 지속되는 건 아니라는 뜻이군요……!"

"분명 그럴 거야! 그러니 우리가 반드시 저걸 쓰러트릴 필요는 없어!"

"시간을 끌면 알아서 자멸한다는 거네!"

"맞아……!"

"알겠어요. 우리가 할 수 있는 일을 하죠!"

하지만 맥웰은 그런 라피니아 일행을 비웃었다.

"하하하하하! 쓸데없는 짓이다! 시간을 끌어봤자 무의미한 발버둥일 뿐이야!"

"연기를 풀풀 피우면서 그런 말을 해도 설득력이 없네요! 허세를 부리는 게 누군데?! 우리도 다 알아! 하이랄 메나스를 사용하면 무사히 끝나지 않는다는 걸……!"

"그것도 틀린 말은 아니지! 지금도 하이랄 메나스를 사용한 대가를 거인이 몸 바쳐 희생하고 있다. 아름다운 애국심으로 말이다……! 하지만 그것도 영원히 계속되지는 않지!"

"그래서 서둘러 우리를 쓰러트리려 하는 거잖아?! 그것도 알고 있거든?!"

"간단히 당할 생각은 없어요!"

"여러분! 거인에게서 물러나세요! 거인의 활동 시간에는 한계가 있어요! 그때까지 도망다니면……!"

리제롯테가 하이랜더들을 향해 외쳤다.

"그 인식이 무르다는 거다! 설령 나와 거인이 한계에 달한다 하더라도! 저것을 봐라!"

거인이 라피니아 일행에게서 등을 돌려 반대쪽 해안선을 가리켰다.

그곳은 밤바다임에도 불구하고 무지갯빛으로 환하게 빛나고 있었다.

그리고 얼굴 없는 거인에 필적하는, 어쩌면 더욱 거대할지도 모르는 물고기의 그림자가 보였다. 우뚝 치솟은 무지갯빛 등지느러미도.

"이, 이럴 수가?! 저건……."

"하, 하필이면 이런 때!"

"프리즈마?! 바, 바다의 악마……?!"

리제롯테의 출신지인 시아로트에서는 바다의 악마가 근해와 샤켈 해역을 오가며 배를 침몰시킨다는 일화가 전해져 내려오고 있었다.

그리고 아르시아 공작가에 남겨진 기록에 따르면 그 괴물은 무지갯빛의 비늘로 뒤덮인 거대한 물고기라고 한다.

일루미너스 섬이 불시착한 이곳은 샤켈 해역의 어딘가로 추정되는 장소다.

그리고 지금 눈앞에 보이는 광경은 아르시아 공작가에 남겨진 기록과 정확히 일치했다.

"아, 아가씨……. 우리는 어디로 도망가면 좋을까? 하하하……."

하이랜더 남성이 물었다. 하지만 리제롯테는 차마 대답할 수가 없었다.

어쩌면 방금 나타난 돌고래 무리는 저 프리즈마를 피해서 이곳으로 온 것일지도 몰랐다.

프리즈마와 같은 방향에서 나타난 점을 생각하면 그럴 가능성이 높았다.

"어떠냐! 우리뿐만이 아니다! 하늘도, 땅도, 바다도, 마석수조차도 너희들더러 죽으라 말하고 있다!"

"어, 어떡하지?! 프리즈마가 접근하면 하이랜더 주민들은……!"

하이랜더는 지상인보다 프리즘 플로에 대한 저항력이 약하다. 프리즘 플로를 맞으면 마석수가 되어버리는 것이다. 그래서 혈철쇄 여단의 프리즘 파우더도 유효했다.

그리고 프리즈마는 프리즘 플로의 결정체라고 할 수 있는 존재였다.

아르멘 마을의 얼어붙은 프리즈마는 하이랜더가 아닌 평범한 인간조차 마석수로 만들어 버렸다.

프리즈마도 개체마다 차이가 존재하긴 하지만, 지상인보다 저항력이 약한 하이랜더가 프리즈마에게 접근하면 무사하긴 힘들 것이다.

어쩌면 가까이 다가가는 것만으로도 모조리 마석수가 되어버릴지도 몰랐다.

""……!""

레오네와 리제롯테도 위기감을 느끼는 라피니아에게 돌려줄 말이 없었다.

두 사람 모두 필사적으로 타개책을 쥐어짜고 있었지만 이렇다 할 묘안이 떠오르지 않았다.

뚝, 뚝.

심지어 절망에 종지부를 찍듯 라피니아의 뺨에 무지갯빛의 빗방울이 떨어졌다.

"프리즘 플로?!"

어쩌면 일루미너스를 향해 다가오는 저 프리즈마가 비구름을 부른 걸지도 몰랐다.

"어, 어째서! 이런 상황에 프리즘 플로까지 내리다니……!"

바로 그때, 마이스가 라피니아 일행에게 말을 걸었다.

"라피니아 씨, 레오네 씨, 리제롯테 씨! 이제 충분해요! 세 분은 도망치세요! 여러분들만이라면 작은 섬을 발견해서 도망칠 수 있을지도 몰라요!"

"마, 마이스!"

"그, 그럴 수는……!"

"저희도 함께하겠어요!"

"괜찮아요. 이제 저희는…… 프리즘 플로나 프리즈마에 의해 마석수가 되어버리겠죠. 저희가 마석수가 되면 여러분을 해칠 거예요! 저는 그러고 싶지 않아요! 그러니 세 분 모두 어서 도망 치세요!"

그러자 누군가가 마이스의 등을 강하게 떠밀었다.

마이스의 어머니였다.

"부탁드립니다! 이 아이만이라도 데리고 달아나 주세요! 상황 은 이 아이가 말한 대로입니다! 하지만 적어도 이 아이만큼은!"

"엄마! 무슨 소리예요! 나도 다른 사람들과 함께할 거예요!"

그렇게 항변하는 마이스를 라피니아가 와락 끌어당겼다.

"……아, 알겠습니다!"

레오네도, 리제롯테도 라피니아의 그 대답에 함부로 토를 달 지 못했다.

눈물을 잔뜩 머금은 라피니아의 심정이 가슴 아플 정도로 이 해되었기 때문에.

라피니아가 두 사람을 대신해서 힘든 결단을 내려준 것이다.

"라, 라피니아 씨! 저는 됐어요! 여기서 엄마와 같이……!"

"아니! 마이스는 우리랑 같이 갈 거야!"

라피니아가 저항하는 마이스를 단단히 붙들었다.

"리제롯테!"

레오네는 리제롯테를 도우면서 리제롯테를 불렀다.

"네, 알고 있어요!"

리제롯테가 능력을 발동시켜 하얀 날개를 소환했다.

"순순히 도망가게 놔둘 리가 없지 않나!"

멀리서 얼굴 없는 거인이 주먹을 내질렀다. 그러자 충격파가 발생해 라피니아 일행을 덮쳤다.

""아아아아아아아앗!""

각자 다른 방향으로 날아가 바닥을 나뒹구는 세 사람.

"으, 으윽……!"

하지만 이대로 쓰러져 있을 수는 없었다.

마이스만이라도 어떻게든 살리기로 결단했다.

어떻게 해서든 그 목적만큼은, 마이스만큼은 지켜내야 했다.

몸을 일으킨 라피니아의 시야가 불현듯 거대한 그림자로 뒤덮였다.

"와, 왔다! 놈이 왔어!"

"프리즈마다! 뛰, 뛰어올랐어!"

눈 깜짝할 사이에 일루미너스의 해안가에 도착한 프리즈마가 물속에서 뛰어오른 것이다. 고개를 들어 올려다봐야 할 정도로 높은 도약이었다.

직접 육지로 상륙해서 라피니아 일행과 하이랜더들을 잡아먹으려는 것이다. 무지갯빛으로 빛나는 거대한 물고기는 아름답기까지 했다.

"하하…… . 무섭긴 하지만 예쁘네…… ."

마이스의 중얼거림이 귓가에 들어왔다.

촤아아아아아아아아아!

그런데 그때, 무서우리만치 거대한 물기둥이 솟아올라 프리즈마의 복부를 강타했다.

갸아아아아아아악?!

프리즈마는 괴성과 함께 일루미너스를 뛰어넘어 하늘 반대편으로 날아가 버렸다.

파닥파닥 몸부림치는 그 모습은 마치 낚싯바늘에 걸린 생선 같았다.

"에엑?!"

"뭐, 뭐지?!"

"저건…… ."

""글레이프릴 석관?!""

라피니아 일행이 입을 모아 외쳤다.

돌로 만들어진 사각형의 거대한 물체.

아무런 전조도 없이 바닷속에서 튀어나온 글레이프릴 석관이 프리즈마를 날려버린 것이다.

그 직후, 글레이프릴 석관은 마치 의지라도 가진 것처럼 황금색 갑옷을 입은 거인에게 돌진했다.

"크윽?!"

거인은 두 팔을 앞쪽에 교차해 방어했다.

하지만 글레이프릴 석관은 이를 비웃듯이 흐릿해지며 자취를 감추었다.

""어……?!""

화들짝 놀라는 라피니아 일행. 그리고 다음 순간, 글레이프릴 석관이 거인의 등 뒤에 출현했다.

"뭣이?!"

그렇게 나타난 석관은 무시무시한 속도로 돌진해 무방비한 거인의 옆구리에 충돌했다.

콰과아아아아아아아아아앙!

"끄어어어어어어어어어어억!"

일루미너스 섬에서 쫓겨난 거인은 물수제비처럼 바다 위를 튕기면서 보이지 않을 정도로 멀리 날아갔다.

프리즈마가 날아간 곳과 같은 방향이었다.

""………….""

눈앞에서 벌어진 광경에 라피니아 일행은 말문이 막히고 말았다.

바닷속에서 난데없이 튀어나온 글레이프릴 석관이 마치 의지라도 지닌 것처럼 프리즈마와 거인을 날려버린 것이다.

하지만 글레이프릴 석관은 어디까지나 거대한 돌덩어리에 불과했다.

　의지가 있을 리 없었고, 혼자서 움직일 수도 없었다.

　즉, 석관을 움직인 범인은 따로 있었다.

　석관이 너무 커다란 나머지 모습이 제대로 보이지 않았을 뿐이다.

　"휴. 늦지 않아서 다행이다. 거인뿐만 아니라 프리즈마까지 있었다니. 재밌는걸."

　글레이프릴 석관을 아무렇지도 않게 짊어진 채로 미소 짓고 있는 소녀. 짐작 가는 인물은 한 명밖에 없었다.

　"크리스으으!"

　""잉그리스!""

　심지어 글레이프릴 석관에 갇혔을 때의 어린아이 모습이 아닌, 원래의 16세 모습으로 돌아와 있었다.

　어린 모습일 때 입던 옷은 형태를 유지할 수 없었는지 가슴과 허리에 둘러서 중요한 부위만을 가리고 있었다.

　"크리스……! 크리스으으!"

　헐레벌떡 달려가 잉그리스를 끌어안는 라피니아.

　몸통 박치기에 가까운 기세였다.

　하마터면 들고 있던 글레이프릴 석관을 놓칠 뻔했을 정도다.

　"미안해, 라니. 별일 없었어?"

　뒤쪽에서 잉그리스를 끌어안은 라피니아는 말없이 고개를 붕붕 내저었다.

아니, 말이 없는 게 아니라 말할 수가 없는 모양이었다.

라피니아의 어깨가 떨리고, 흐느끼는 듯한 목소리가 들려왔다.

뒤이어 잉그리스의 뒷덜미가 눈물로 축축해졌다.

큰 소리로 울지 않으려고 필사적으로 참고 있는 것이리라.

지금은 아직 울 때가 아니라고 생각하는 게 분명했다.

어린 시절의 라피니아라면 행방불명되었다가 돌아온 잉그리스를 엉엉 울면서 끌어안았을 텐데. 라피니아도 성장했다는 생각이 들었다.

"……반성할게. 라니를 울린 녀석은 용서하지 않겠다고 해놓고 내가 라니를 울려버리고 말았네. 종기사 실격이야."

"우, 우히 안았어! (우, 울지 않았어!)"

목이 메서 말이 제대로 나오지 않는 듯했다.

"레오네, 리제롯테. 어떤 상황이야?"

잉그리스가 두 사람을 돌아보며 물었다.

"빌마 씨가 끌려가서 기계룡을 움직일 수가 없게 됐거든. 그래서 모두 일루미너스에 갇힌 상태야! 거기다 맥웰 장군과 티파니에까지 다시 쳐들어왔어!"

"바다의 악마…… 프리즈마와 프리즘 플로도 있어요!"

들어보니 상당히 복잡한 상황이었다.

일단은 글레이프릴 석관으로 후려쳐 날려버린 것이 정답인 듯했다.

"……손님이 많아서 즐거운걸."

““하나도 안 즐거워!””

혼나고 말았다.

바로 그때, 바다 멀리서 커다란 목소리가 들려왔다.

“하하하하하하핫! 그 정도로는 날 쓰러트리지 못해! 이번에야 말로 결판을 내 주마! 잉그리스 유크스!”

목소리가 들린 방향을 바라보니 얼굴 없는 거인이 프리즈마 위에 올라타 있었다.

“엑……?! 저게 뭐야!”

라피니아도 그 모습에 관심을 빼앗기고 말았다.

“프리즈마에 타고 있어!”

“마, 말도 안 돼요! 프리즈마를 탈것으로 삼다니……!”

“재주가 좋으시네요.”

잉그리스는 거인을 향해 부드러운 미소를 지어 보였다.

“하지만 이 말씀은 드려야겠네요……. 저는 당신 때문에 라니를 울려버리고 말았어요.”

잉그리스는 그렇게 말하며 글레이프릴 석관을 옆에 내려놓았다. 땅이 쿵, 하고 울렸다.

“그러니…… 용서하지 않을 겁니다.”

잉그리스의 목소리는 위험한 수위까지 낮아져 있었고, 거인을 노려보는 눈빛에는 살기가 담겨있었다.

“윽……?!”

얼굴 없는 거인의 몸이 한순간 움찔했다.

맥웰의 동요가 전해졌는지 프리즈마까지 잠시 동작을 멈추고 말았다.

바로 그때, 잉그리스 일행이 밟고 서 있는 일루미너스 섬이 진동하기 시작했다.

이윽고 섬 전체가 한 차례 크게 흔들리더니, 해안 일부가 바닷속으로 가라앉았다.

"뭐, 뭐야?!"

"안 좋네. 침몰하기 직전이야."

"어?!"

"아마 이대로 가면 섬 전체가 가라앉게 될걸. 이걸 여기다 내려놔서 그런가?"

잉그리스는 글레이프릴 석관을 툭툭 두드렸다.

올려다봐야 할 정도로 거대한 석관이다. 그 무게는 상상을 초월했다.

그런 물건을 다짜고짜 지상에 올려놨으니 일루미너스가 가라앉는 것도 무리가 아니었다.

"뭐어어어어?! 그럼 안 되잖아! 빨리 버리고 와!"

"진정해, 라피니아! 저 안에는 에리스 씨가 있어!"

"베네픽의 황녀님도 있어요!"

"앗! 그, 그랬지! 그러면 이제 어떡하지? 어떻게 해야……!"

필사적으로 생각하는 라피니아.

"어, 어쩌지?! 프리즘 플로는 그칠 기미가 없고, 일루미너스는 침몰하고 있어!"

"여, 역시 마이스를 데리고 피나는 가는 게 맞을까요?!"

"저, 정말로 그 방법밖에 없는 거야……?! 크리스!"

라피니아가 도움을 바라는 눈빛으로 잉그리스를 쳐다보았다.

귀여운 라피니아가 저런 눈으로 바라보면 기대에 부응하지 않을 수가 없었다.

그리고 다행히 지금의 잉그리스에게는 라피니아의 기대에 응할 만한 힘이 있었다. 잉그리스는 그 사실에 고마움을 느꼈다.

잉그리스는 라피니아의 어깨를 툭 두드리며 미소 지었다.

"걱정 마, 라니. 나한테 맡겨."

"정말?! 방법이 있는 거야?!"

"응. 그러면 라니, 레오네, 리제롯테. 절대로 하늘로 날아오르지 말고 지면에 발을 붙이고 있어야 해. 다른 분들도 절대로 일루미너스에서 벗어나지 마세요! 부탁드립니다!"

잉그리스는 그렇게 외치며 한쪽 무릎을 꿇고 손바닥으로 바닥을 짚었다.

글레이프릴 석관은 밖에서 열 수는 있어도 내부에서 열거나 파괴하는 건 불가능하다.

실제로 그랬다. 잉그리스는 글레이프릴 석관을 파괴하지도, 출구를 개방하지도 않았다.

그래서 석관은 지금도 여전히 멀쩡한 모습으로 잉그리스 일행 앞에 놓여있다.

파괴하지 않고, 출구를 열지도 않고 잉그리스가 글레이프릴 석관에서 빠져나온 방법.

글레이프릴 석관 안에서 수련을 거듭해 그 방법을 터득했을 때, 잉그리스의 몸은 원래의 16세 모습으로 되돌아와 있었다.

아니, 실제로는 되돌아온 것인지도 불명이었다.

유아화가 해결되지 않은 채로 원래 나이까지 성장해 버린 것일지도 모른다.

그 정도로 시간을 할애해서 터득한 기술을 지금, 잉그리스는 선보이려 하고 있었다.

휘이이이이이이잉……!

바닥에 댄 잉그리스의 손바닥을 중심으로 빛의 고리가 퍼져 나갔다.

마치 수면에 파문이 이는 것만 같았다.

빛의 고리는 규모가 작아진 일루미너스 섬 전체로 퍼져 나갔고, 이윽고 섬 전체가 눈 부신 빛에 휩싸였다.

"어……?! 이, 이건!"

어디선가 본 적이 있는지 라피니아가 외쳤다.

실제로 라피니아도 몇 차례 목격한 기술이었다.

다만, 잉그리스가 혼자서 구사하는 모습을 보는 건 처음일 것이다.

"허세일 뿐이다! 천벌을 받아라아아아아!"

물속에서 높이 뛰어오른 거인과 프리즈마가 아름다운 포물선을 그리며 돌진해 왔다.

"죄송합니다. 굉장히 아깝긴 하지만…… 몸 건강하세요."

잉그리스가 거인을 향해서 미소를 지어 보인 그 순간, 시야가 일그러지더니 주변의 풍경이 휙 바뀌었다.

첨버어어어엉!

동시에 일루미너스 섬의 가장자리에서 거대한 파도가 솟아올랐다.

다짜고짜 물속에 거대한 물체를 투척한 결과였다.

해안가를 거슬러 올라간 파도가 길을 침수시켰고, 수면의 배들이 요동쳤다.

주택가에 물을 끼얹어서 미안하다는 생각이 들었다.

그래도 무너진 건물은 없으니 용서해 주기를 바랄 뿐이었다.

"우와아아앗?!"

"뭐, 뭐가 어떻게 된 거지?!"

"여, 여기는……?!"

순식간에 눈앞의 풍경이 달라진 것은 잉그리스 일행뿐만이 아니었다.

일루미너스에 거주하는 주민들 모두가 마찬가지였다.

그리고 잉그리스 일행에게는 익숙한 풍경이었다.

"앗, 여기는……?! 볼트 호수! 왕도의 볼트 호수야!"

"저, 정말이네! 플라이 기어 도크와 기사 아카데미도 보여!"

"서, 설마 샤켈 해역에서 왕도까지 단숨에 이동한 건가요?"

"응. 맞아."

세상을 관조하는 신은 가고자 하는 곳이면 어디든 순식간에 이동할 수 있다.

신은 세상 속에서 걸음을 내딛지 않는다. 세상의 섭리를 바꿔 자신의 한 걸음을 무한히 빠르게 만들 뿐이다.

그것이 신의 운신법. 디바인 워크였다.

이 기술을 이용하면 멀리 떨어진 바다 한복판에서 카랄리아의 볼트 호수까지 일루미너스를 전이시키는 것쯤은 식은 죽 먹기였다.

거리도, 무게도 의미가 없기 때문이다. 세상의 섭리를 바꿨으니까.

필요한 것은 잉그리스 본인이 가고자 하는 장소의 위치뿐이었다.

무기화한 에리스와 리플을 손에 쥐었을 당시, 잉그리스의 에테르가 강화되어 디바인 워크가 가능한 하이 에테르로 승화됐었다.

글레이프릴 석관 안에서 잉그리스가 수련의 목표로 삼았던 것은 그 힘을 자력으로 구현하는 것이었다.

출구도 없고, 파괴도 불가능한 글레이프릴 석관이라 할지라도 디바인 워크를 이용한 이동은 저지하지 못했다.

에테르를 빈틈없이 얇고 치밀하게 연마하는, 마치 완벽한 미술품을 만드는 듯한 수행이었다. 정신이 아득해지는 나날이었다.

그래도 수행을 한 보람은 있었다. 충분한 시간만 확보되면 자력으로 하이 에테르를 생성할 수 있게 된 것이다.

단, 에리스와 리플을 손에 쥐었을 때처럼 자유자재로 하이 에테르를 다룰 수는 없었다. 사전에 하이 에테르를 가공해 두고 필요할 때 해방하는 형태로 사용해야 했다.

지금은 디바인 워크로 글레이프릴 석관에서 빠져나오고, 일루미너스를 볼트 호수로 전이시키느라 모아둔 하이 에테르를 대부분 소비한 상태였다.

다시 자력으로 디바인 워크를 사용하려면 한동안 에테르를 가공하는 작업이 필요했다.

찰싹!

라피니아가 훤히 드러나 있는 잉그리스의 등을 찰싹 두드렸다. 아동복의 면적이 등을 가리기에는 부족했다.

라피니아에게 악의는 없을 테지만, 살짝 아팠다.

"고마워, 크리스! 역시 크리스라니까! 이제 프리즘 플로도 내리지 않고, 일루미너스도 침몰하지 않고, 마이스와 주민들도 모두 무사하게 됐어!"

일루미너스가 침몰하지 않는 것은 잉그리스의 능력 때문이라기보다는 단순히 호수의 수심이 바다보다 얕아서였다.

어쨌든 라피니아가 자신을 와락 끌어안는 감각은 썩 나쁘지 않았다.

등이 따끔한 것 정도는 금세 잊어버렸다.

"아니야. 나야말로……."

"응?"

라피니아 일행에게는 며칠에 불과했지만, 잉그리스는 글레이프릴 석관 안에서 몇 년을 보내야 했다.

수행 자체는 만족스러웠다. 에리스와 리플 덕분에 디바인 워크라는 명확한 목표도 가질 수 있었다. 하지만 상상을 초월하는 난이도와, 그 오랜 시간을 묵묵히 홀로 견디는 수행이 괴롭지 않았다고 말하면 거짓말일 것이다.

잉그리스 유크스로 전생한 이후 이렇게 오랫동안 떨어져 본 적이 없었다. 솔직히 외로웠다.

하지만 반대로 잉그리스를 지탱해 주었던 것도 빨리 라피니아를 만나고 싶다는 마음이었다.

그 마음이 잉그리스 왕이라면 이룩하지 못했을 경지로 자신을 이끌어 주었다는 생각이 들었다. 덕분에 글레이프릴 석관에서도 자력으로 탈출할 수 있었다.

"정말로 오랜만이야, 라니. 얼굴 좀 자세히 보여줘."

"응……? 자, 얼마든지 봐!"

라피니아는 다시 한번 환한 미소를 지어 보였다.

너무나 귀여웠다. 마음이 씻겨나가는 기분이었다.

잉그리스도 만족스럽게 웃으며 서로 미소를 교환했다.

역시 이 관계가 좋았다. 이대로 쭉 있고 싶었다.

하지만 잠시 후, 잉그리스는 한숨을 푹 내쉬었다.

"다들 무사해서 다행이지만, 프리즈마에 거인까지 놓고 온 건 아쉽네……. 싸워보고 싶었는데……."

우연인지 뭔지는 알 수 없지만, 프리즈마를 자기 애마처럼 다루는 모습은 압권이었다.

맥웰의 얼굴 없는 거인은 잉그리스도 놀랄 정도로 응용 범위가 넓었다. 무한한 진화의 가능성이 느껴졌다.

어쩌면 프리즈마와 융합하여 완전히 새로운 무언가로 다시 태어날지도 몰랐다. 잉그리스는 그 모습이 보고 싶었다. 그리고 꼭 싸워보고 싶었다.

"됐다고 그래! 더는 얼굴도 보기 싫어!"

라피니아가 진절머리 난다는 듯 고개를 내저었다.

"나도 한동안은 보기도 싫어. 특히 그 갑옷은……."

레오네는 티파니에에게 강제로 조종당했다는 모양이었다.

잉그리스도 과거에 당한 적 있는 공격이었다.

티파니에가 레오네에게서 떨어져 나온 것은 잉그리스를 글레이프릴 석관에 가두었을 때였다. 그 이후로 별일 없었다니 다행이었다.

"기회가 됐다면 그 프리즈마…… 바다의 악마는 처치해 두는 게 좋았을 텐데 말이죠. 어쩔 수 없네요……."

리제롯테의 고향인 시아로트에서는 적잖은 배가 바다의 악마에게 침몰당했다.

바다의 악마를 쓰러트린다면 샤켈 해역도 크게 안전해질 것이다.

시아로트의 영주 가문인 아르시아 공작가의 영애로서는 아쉬움이 남을 수밖에 없었다.

잉그리스도 가능하다면 지금 바로 돌아가 프리즈마, 맥웰, 티파니에, 얼굴 없는 거인과 싸우고 싶었다. 하지만 아쉽게도 하이 에테르를 가공하기 전까지는 디바인 워크를 사용할 수가 없었다.

하이랄 메나스가 있다면 이야기가 다르지만, 에리스는 글레이프릴 석관에서 수복 중이고, 아루루는 봉마기사단 활동으로 알카드에 간 상태다.

만약 리플이 왕도에 남아있다면 샤켈 해역으로 돌아갈 수 있을지도 몰랐다.

하지만 어쨌든 지금은 먼저 해야 할 말이 있었다.

"레오네, 리제롯테. 걱정 끼쳐서 미안해."

"아니야! 무사해서 다행이야!"

"돌아와서 반가워요, 잉그리스!"

라피니아뿐만 아니라 레오네와 리제롯테도 잉그리스를 끌어안았다.

라피니아는 손녀딸 같은 존재이므로 끌어안겨도 기쁘고 사랑스럽기만 할 뿐이었다. 반면에 레오네와 리제롯테가 자신을 끌어안으면 살짝 쑥스러웠다. 왠지 모를 죄책감도 느껴졌다.

그렇게 느낀다는 것은 잉그리스에게 아직 남성의 의식이 남아

있다는 뜻일지도 몰랐다. 그래서 약간의 안도감도 들었다.

"어이이이이이이~! 잉그리스으으~! 얘들아아아~!"

멀리서 누군가의 목소리가 들려왔다.

고개를 돌리자, 왕도 쪽에서 몇 대의 플라이 기어가 날아오고 있었다.

목소리의 주인공은 선두에서 날고 있는 리플이었다.

"리플 씨! 좋았어!"

리플이 있으면 디바인 워크로 샤켈 해역까지 돌아갈 수 있다.

그곳에 남아있는 강력한 적들과 다시 붙어볼 수 있는 것이다.

"리플 씨~! 이쪽이에요!"

잉그리스는 만면에 미소를 지으며 손을 흔들었다.

"이게 어떻게 된 일이야?! 잉그리스가 한 거야?! 그 미소는 뭐고? 뭔가 수상한데."

잉그리스는 근처에 내린 리플의 팔을 덥석 붙잡았다.

"그보다 얼른 가시죠!"

"가다니, 어딜?"

"물론 싸우러 가는 거죠! 베네픽의 장군이 마인무구로 만든 거인과 합체를 했는데요, 이 거인이 하이랄 메나스를 장비하고 상어처럼 생긴 프리즈마에 타고 있어요!"

"뭐야, 그 무시무시한 상황은?!"

"그렇죠? 엄청나죠? 지금 바로 돌아가면 붙어볼 수 있어요! 자, 그러니까 빨리 가시죠! 어서요……!"

"크리스으으으으!"

쫘아악!

라피니아가 잉그리스의 귀를 세게 잡아당겼다.

"당기지 마, 라니……!"

"가기는 어딜 가겠다는 거야! 지금은 참아! 여기로 데려온 사람들부터 수습해야지!"

라피니아가 일루미너스와 함께 전이된 마이스와 하이랜더들을 바라보며 말했다.

"여기가 지상의 국가……. 굉장하다! 멋져요!"

"사, 살아난 건가!"

"한때는 끝이구나 싶었는데!"

"다행이다. 정말로…….”

마이스는 볼트 호수를 둘러보면서 눈을 반짝였고, 다른 하이랜더들은 하나같이 가슴을 쓸어내렸다.

다행히 프리즘 플로로 마석수가 되어버린 자는 나타나지 않았다.

"게다가…….”

라피니아는 잉그리스에게 빙그레 웃어 보였다.

"배고프지 않아?"

"……고파. 굉장히.”

꼬르르르륵!

잉그리스와 라피니아의 배에서 동시에 꼬르륵 소리가 났다.

"나도 오랜만에 물고기 말고 다른 걸 먹어보고 싶어."

"그렇네요. 저도 이제 물고기는 질렸어요."

라피니아는 레오네와 리제롯테의 말에 고개를 끄덕거린 뒤, 사람들에게 선언했다.

"좋았어! 마이스, 하이랜더 여러분! 무사히 살아난 기념으로 지상의 음식을 먹으러 가죠! 저희가 쏠게요!"

"와! 고마워요, 라피니아 씨!"

"오오…… 고맙다!"

"솔직히 지쳤거든. 조금 쉬고 싶어."

하이랜더들에게서 환호성이 터져 나왔다.

"이만한 인원의 식비를 우리가 어떻게……."

"자, 기사 아카데미의 식당으로 갑시다!"

"아하. 일단 먹이고 교장 선생님한테 해결해 달라고 할 생각 이구나."

사람들을 굶길 수도 없는 노릇이니 이게 최선이긴 했다.

"나도 같이 갈 테니까 자세한 이야기를 들려줘!"

""네, 리플 씨!""

말은 그렇게 했지만, 리플이 가져온 플라이 기어로 모든 하이랜더를 옮길 수는 없었다.

"이 사람들을 옮기려면…… 저게 좋겠네."

잉그리스는 근처에 서 있는 기계룡을 주목했다.

"여러분, 저 기계룡을 붙잡아 주시겠어요? 기계룡을 타고 이동할게요.”

“잉그리스, 아니, 잉그리스 씨. 지금 기계룡은 움직일 수 없는 상태예요. 그러니 올라타 봤자…….”

“걱정 마, 마이스. 방법이 있으니까 안심하고 타도록 해.”

“그, 그런가요? 아, 알겠습니다.”

잉그리스가 부드럽게 웃으며 대답하자 마이스는 부끄러워하며 고개를 끄덕였다.

마이스는 어려진 모습의 잉그리스밖에 본 적이 없었다. 그래서 지금의 모습을 보고 상당히 당황스러웠다.

“라니도 얼른 타.”

이윽고 백 명에 달하는 하이랜더들과 라피니아 일행이 기계룡을 붙잡았다.

“다 탔어! 크리스!”

“응, 알겠어. 그럼!”

잉그리스는 자기 몸을 손끝으로 훑어 마나와 드래곤 로어를 융합시켰다.

그워어어어어어……!

그러자 포효성과 함께 용 장식이 새겨진 파란색 갑옷이 소환되었다.

용마법, 빙룡 갑옷이었다.

여태껏 노출도가 높은 차림을 하고 있었던 잉그리스는 갑옷을 입자 마음이 편해지는 것을 느꼈다.

뒤이어 잉그리스가 기계룡을 번쩍 들어 올렸다.

그리고 그대로 볼트 호수로 걸음을 내디뎠다.

기계룡의 무게를 생각하면 발이 잠기는 게 당연했다. 하지만 빙룡 갑옷의 영향으로 잉그리스의 발밑이 얼어붙으며 발판이 생겨났다.

그럼에도 기계룡의 무게를 지탱할 정도는 아니었지만, 한순간만 버텨준다면 그것으로 충분했다.

발이 빠지기 전에 반대쪽 다리를 내디디는 잉그리스. 그렇게 잉그리스는 기계룡을 짊어진 채로 볼트 호수를 질주했다.

""오오오오오오!""

""괴, 굉장해!""

""도, 도대체 어떻게?!""

기계룡을 붙잡은 하이랜더들이 화들짝 놀라서 외쳤다.

"괴, 굉장하구나, 잉그리스 씨는……!"

"크, 크리스니까. 이 정도는 보통이지."

라피니아가 놀란 마이스에게 말했다.

"아하하……. 어디에서 뭘 하든 잉그리스는 잉그리스구나."

옆에서 플라이 기어를 타고 따라가던 리플이 씁쓸하게 웃으며 말했다.

그날 밤, 하이랜더들은 살았다는 안도감과 지상의 이국적인 음식에 취해 성대한 만찬을 만끽했다.

잉그리스와 라피니아도 오랜만에 맛보는 음식 맛에 평소보다

많은 양을 먹어치웠다.

　나중에 보고를 들은 밀리에라 교장은 잘했다는 말을 건넸지만 정작 표정은 울상에 가까웠다. 심경이 복잡한 듯했다.

알카드로 향했던 봉마기사단이 귀환한 뒤.

　　잉그리스 일행은 다시 한번 글레이프릴 석관 안으로 발을 들였다.

　　그러자 그들의 눈앞에 공간의 기억이 재생되었다.

　　하이랄 메나스를 제조하는 두 개의 원통형 장치가 나타났고, 그 안에는 시스티아와 유아가 들어있었다.

　　장치 앞쪽에는 석관 밖에서 침입한 청년이 서 있었다.

　　"저, 정말이네! 유아잖아!"

　　리플이 화들짝 놀라서 외쳤다.

　　"나랑 닮은 사람?"

　　유아는 무기력한 표정으로 고개를 갸웃했다.

　　"누가 보더라도 닮은 사람이 아니라 유아 선배 본인 같은데요."

　　유아의 생뚱맞은 태도에 잉그리스는 평소의 페이스를 유지하기가 힘들었다.

　　"뭔가 기억나는 게 있나요? 유아 선배."

　　라피니아도 질문을 건넸지만, 유아는 고개를 내저어 보였다.

　　"으음……. 모르겠어."

　　현재 유아의 머리 위에는 자그만 마석수로 변해버린 모리스가 놓여있었고, 모리스도 유아와 함께 고개를 내저었다.

　　"그, 그런가요."

"하지만……."

"하지만?"

"이 사람은 얼마 전에 만난 적 있어."

유아가 손가락으로 시스티아를 가리켰다.

"홀쭉이를 작게 만드는 걸 도와줬어."

"그 말은, 아르멘 마을에서……."

아르멘 마을에서 벌어졌던 프리즈마와의 전투.

모리스가 마석수로 변해버린 것은 그 전투에서였다.

아무래도 모리스는 혈철쇄 여단과 접점이 있었던 모양이었다.
그래서 휴대하고 있던 프리즘 파우더가 프리즈마와 반응해 제
일 먼저 마석수로 변해버리고 말았다.

시스티아도 분명히 그 전장에 있었고, 잉그리스 일행에게 도
움을 주었다.

유아와 시스티아도 그때 재회한 모양이었다.

"응. 내 부하가 되고 싶어 하는 것 같았어."

"부, 부하요? 시스티아 씨가 그런 말을 했다고요?"

"그건 아니지만…… 나한테 굽신굽신했거든."

"굽신굽신?"

"응. 말투가."

"존댓말을 사용했다는 뜻인가요?"

"맞아."

유아가 고개를 끄덕였다.

"............."

잉그리스가 아는 시스티아는 자존심이 강한 인물이었다.

혈철쇄 여단의 수령인 흑가면에게는 절대적인 충성을 바치고 있지만, 생판 모르는 남에게 굽히고 들어갈 인물은 아니었다.

"즉, 시스티아 씨는 유아 선배를 알고 있었고, 동시에 존대해야 할 인물이었다는 뜻이네요."

"나는 기억나는 게 하나도 없는데……. 역시 닮은 사람?"

유아는 어떻게든 닮은 사람 가설을 밀어붙이고 싶은 듯했다.

"아뇨. 아무리 봐도 유아 선배 본인인걸요……. 추측이지만 하이랄 메나스로 만들어지는 과정에서 과거의 기억을 잃어버렸을 가능성이 높아요."

잉그리스가 그렇게 생각하는 이유는 일루미너스에서 만났던 샤를롯테 때문이었다. 리제롯테와 닮은 외모에, 리제롯테의 어머니와 이름까지 똑같았지만, 아무것도 기억하지 못했기 때문이다.

하이랄 메나스화에는 기억 상실이라는 부작용이 뒤따르는 걸지도 몰랐다.

다만 에리스와 리플, 아루루처럼 이전의 기억이 남아있는 경우도 존재했기에 반드시 부작용이 나타나는 것은 아닌 듯했다.

"아, 떨어졌어요!"

밀리에라 교장이 외쳤다.

유아가 들어있던 장치가 석관 바깥으로 떨어진 것이다.

"아래쪽에서 뭔가가 무지갯빛으로 빛나고 있어⋯⋯! 저게 프리즈마?!"

세오도어 특사가 이어지는 광경에 놀라 소리쳤다.

현재 이곳에 들어와 있는 인물은 잉그리스, 라피니아, 유아, 리플, 밀리에라 교장 세오도어 특사까지 총 여섯 명이었다.

이곳에 들어온 원래 목적은 세오도어 특사에게 에리스와 멜티아 황녀의 상태를 확인받기 위해서였다. 여차하면 장치를 파괴해 구출해 낼 작정이었다.

유아는 잉그리스가 개인적으로 신경이 쓰였기 때문에 겸사겸사 데려와 사정을 물어보는 중이었다.

"정황상 이 청년은 혈철쇄 여단의 수령인 흑가면일 가능성이 높아요. 저희는 흑가면과 시스티아가 처음으로 만나는 장면을 목격하고 있는 걸지도 모릅니다."

흑가면이 시스티아를 일루미너스에서 구해냈고, 시스티아는 이에 은혜를 느껴 절대적인 충성을 맹세하게 됐다고 생각하면 납득이 됐다.

"그럴지도 모르겠네요."

밀리에라 교장이 잉그리스의 설명에 고개를 끄덕였다.

"즉, 유아 선배는 혈철쇄 여단과 무관하다고 추측해요. 여기서 뿔뿔이 흩어지고 말았으니까요."

유아가 혈철쇄 여단의 내통자로 의심받게 놔두는 건 불쌍했다.

그래서 굳이 한마디 덧붙인 것이었다.

"예. 저도 그렇게 생각합니다."

세오도어 특사가 잉그리스의 말에 동의를 표했다.

"유아가 혈철쇄 여단과 몰래 내통하면서 학교생활을 할 정도로 요령이 좋은 학생은 아니니까."

리플도 그렇게 말하며 수긍했다.

"세오도어 님, 일루미너스에서는 이 사건이 어떻게 전해지고 있나요?"

밀리에라 교장이 세오도어 특사에게 물었다.

"그러게. 하이랜드 입장에서는 꽤 큰 사고잖아, 이거."

"글레이프릴 석관과 하이랄 메너스에 관한 정보는 월킨 박사와 아버지…… 기공님에 의해 통제되고 있었어요. 저도 처음 듣는 이야기입니다."

세오도어 특사가 고개를 내저으며 말했다.

"유아 양은 아무것도 몰랐던 모양이지만, 모리스는 혈철쇄 여단의 일원이었어요. 혈철쇄 여단 측에서 유아 양의 동향을 감시하고 있었을 가능성도 있어요."

"그건 부정할 수 없겠네요. 유아 선배를 동료로 삼고 싶었지만, 유아 선배에게 예전 기억이 없어서 포섭하지 못했다던가……."

"유아, 혹시 짚이는 점이……."

리플이 유아를 돌아보았지만, 그곳에 유아는 없었다.

흑가면으로 추정되는 청년 앞에 쪼그려 앉아 얼굴을 빤히 바라보고 있었다.

"오, 꽤 미남."

"앗, 정말이네♪"

심지어 라피니아도 함께였다.

"그래도 너네 오라버니가 더 잘생겼어."

"네? 라파 오라버니 말인가요?"

"응. 하늘이 내려준 꽃미남."

"아하하……. 그러면 나는 하늘이 내려준 여동생인가. 출세했네."

"맞아. 앞으로도 잘 부탁해. 미래의 시동생."

유아가 라피니아의 어깨를 툭 치며 말했다.

"네?! 하, 하지만 라파 오라버니는 크리스랑 결혼할 건데요?! 그렇지, 크리스?"

"나는 결혼할 생각 없대도! 그보다 잡담들 그만하고 일어나!"

"그러지 말고. 크리스도 이쪽으로 와서 봐봐."

"맞아, 왕가슴 후배. 잘생겼음."

라피니아와 유아가 잉그리스에게 손짓했다.

"에휴……."

이대로는 대화가 진행이 되지 않았기에 시키는 대로 하기로 했다.

그러고 보니, 혼자 이곳에 들어왔을 때도 굳이 흑가면의 얼굴을 확인해 보진 않았다.

이참에 봐두는 것도 괜찮겠다는 생각이 들었다.

잉그리스는 청년의 앞쪽으로 돌아가 그의 얼굴을 들여다보았다.

"어?!"

잉그리스의 눈이 부릅떠졌다.

"마, 말도 안 돼! 어째서……?!"

얼마나 당황했는지 말투도 평소답지 못했다.

본 적이 있는 얼굴이었다.

아니, 겨우 그 정도가 아니었다.

이 인물은 다름 아닌 잉그리스 본인이었다.

단, 잉그리스 유크스를 뜻하는 건 아니었다.

자신의 전생. 잉그리스 왕이었다.

잉그리스 왕의 청년 시절 모습이었다.

비슷하게 생긴 사람이 절대로 아니었다.

자기 모습은 본인이 제일 잘 안다.

다만, 흑가면이 잉그리스 왕의 몸을 가지고 있다면 그가 디바인 나이트라는 점은 납득할 수 있었다.

하지만 도대체 무엇을 어떻게 해야 흑가면이 잉그리스 왕이 되는가. 도무지 짐작도 되지 않았다.

지금의 세상에서는 기적이 느껴지지 않는 여신 아리스티아의 안배일까?

"크리스? 갑자기 왜 그래?"

라피니아는 동요하고 있는 잉그리스의 얼굴을 들여다보았다.

"어? 그게, 저기……."

당황한 나머지 변명도 제대로 나오지 않았다.

"혹시 마음에 드는 타입이라서?"

"어? 그, 그럴지도……? 신경이 쓰인다고나 할까."

라피니아가 묻자, 잉그리스가 애매하게 대답했다.

일단은 적당히 동의하며 넘기기로 했다.

"뭐어어어어어어?! 크리스가 그런 말을 하다니!"

라피니아는 상당히 놀란 눈치였다.

"보면 안 돼! 크리스는 라파 오라버니와……!"

뒤쪽에서 잉그리스의 눈을 가리는 라피니아.

"나는 결혼할 생각 없대도!"

"아, 환영이 사라져 버렸어."

"공간의 기억일 뿐이니까."

"오. 조그만한 왕가슴 후배다."

이윽고 공간의 기억이 최근의 모습을 비추기 시작했다. 글레이프릴 석관 안에서 수행 중인 잉그리스의 모습이었다. 시간이 빠르게 흐르며 잉그리스의 모습이 서서히 성장해 나갔다.

잉그리스 본인이 느끼기에도 긴 시간이긴 했지만, 역시 작아졌던 몸이 원래의 모습으로 성장할 정도의 시간이 흘렀던 모양이다.

잉그리스의 몸이 성장함에 따라 입고 있는 옷이 계속해서 작아져 갔다.

소매나 기장도 문제지만, 제일 큰 문제는 가슴이었다.

성장하면서 부풀어 오른 가슴이 옷을 팽팽하게 만들었다. 그리고 결국…….

투둑!

가슴 부분이 찢어지고 말았다.

"앗. 왕가슴 후배의 왕가슴이다."

유아의 말대로였다.

가슴이 완전히 드러나 버리고 말았다.

"보면 안 돼요! 눈 감으세요!"

잉그리스는 공간의 기억 앞으로 달려가 자기 모습을 가렸다.

그 모습을 바라보던 밀리에라 교장이 한숨을 푹 내쉬었다.

"이야기가 옆으로 새고 말았네요."

"하하하, 그러게요. 떠들썩하군요."

"어흠! 어쨌든, 유아 선배는 구체적인 상황을 모르는 것 같으니 혈철쇄 여단의 수령이나 시스티아 씨와 대화를 나눠보고 싶군요."

마지막으로 그들과 만났던 것은 전장으로 변한 아르멘 마을에서였다.

당시에는 프리즈마라는 적이 있었기에 협력했지만, 다음에 만났을 때는 어떻게 될지 몰랐다.

"네……. 그렇지 않아도 앞으로는 일루미너스의 피난민들이 카랄리아에서 거주하게 됩니다. 그들이 안전하게 살아갈 환경을 만들어야 합니다. 세이린처럼 혈철쇄 여단의 습격을 당해선 곤란합니다."

세오도어 특사의 말대로 마이스와 일루미너스의 피난민들은 이대로 지상에서 살아갈 예정이었다.

현재 일루미너스 섬은 볼트 호수의 중앙에 불시착해 움직일 수 없는 상태. 일루미너스와 운명을 함께하는 하이랜더들은 이대로 섬에 남아서 살아가는 것이 자연스럽게 느껴지는 모양이었다.

그리고 일루미너스의 중추였던 기공이 침묵한 지금, 기공의 아들인 세오도어 특사가 그들의 정신적인 지주 역할을 맡고 있었다.

하이랜더들이 지상에 남으려는 데에는 이러한 두 가지의 이유가 있었다.

앞으로는 카랄리아에 식자재 등의 공급을 의지하게 되는 만큼 보답으로 마인무구나 플라이 기어 기술 등을 제공해 주게 될 것이다. 쌍방에게 유익한 거래였다.

이는 하늘과 지상이 아닌, 지상에서 두 세력이 공존하기 위한 선례가 될 것이다.

세오도어 특사와 마이스를 필두로 한 일루미너스의 주민들은 하이랜더 중에서도 극도로 온건한 축에 속했다. 지상의 나라에 대해서도 우호적이었다.

이들과 공존할 수 없다면 다른 세력의 하이랜더들과도 공존하기는 어려울 것이다.

하이랜더들이 지상에서도 문제없이 살아갈 수 있다는 성공 사례를 남기는 것이 중요했다. 그리고 이를 위해서는 반하이랜드 조직인 혈철쇄 여단의 방해가 없어야 한다는 것이 세오도어 특사의 생각이었다.

"혈철쇄 여단과 교섭하자는 뜻인가요?"

"가능하다면 말이죠. 얼마 전 프리즈마 토벌전 때는 혈철쇄 여단도 적극적으로 협력해 주었습니다. 대화가 전혀 통하지 않는 상대는 아닐 겁니다. 개인적으로는 다소 복잡한 기분입니다만."

그럴 만도 했다. 세오도어 특사의 여동생인 세이린은 혈철쇄 여단에 의해 마석수가 되어버리고 말았다. 그 사실이 마음에 걸릴 수밖에 없었다.

"그래도 그렇게 해야 한다고 봐요! 저는 찬성이에요! 마이스와 하이랜더분들이 카랄리아에서 행복하게 살아갈 수 있다면 그게 가장 좋은 일이니까요!"

라피니아가 웃는 얼굴로 세오도어 특사를 격려했다.

"고맙습니다. 라피니아 씨……! 당신이 그렇게 말해주시니 저도 제 결정에 믿음이 갑니다."

세오도어 특사도 기쁘다는 듯이 미소를 지었다.

"아, 아니에요! 제가 뭐 대단한 사람이라고……. 저는 그저 마이스에게 저희 고향을 보여주고 싶었을 뿐이에요. 모두가 안심하고 놀러 다닐 수 있는 세상이 되었으면 좋겠다고요."

"멋진 생각이군요. 저도 꼭 데려가 주십시오. 견문을 넓힐 좋은 기회가 될 겁니다."

"네……!"

"하지만 교섭을 하고 싶어도 혈철쇄 여단의 본거지는커녕 조직의 실체조차 붙잡지 못한 상황인걸요."

잉그리스가 라피니아와 세오도어 특사 사이로 파고들며 말했다.

방심할 수 없었다. 이 두 사람을 필요 이상으로 가까워지게 하면 안 된다.

라피니아가 잉그리스를 라파엘과 결혼시키려고 하듯, 잉그리스도 라피니아에게 연인은 아직 이르다고 생각했다. 한참 멀었다.

"앗……! 무슨 짓이야, 크리스! 앞이 안 보이잖아."

"아무것도 아냐. 안 봐도 되고."

한편 세오도어 특사는 잉그리스가 꺼낸 말에 고개를 끄덕였다.

"예. 그것도 그렇군요……. 기회를 기다릴 수밖에 없는 걸까요."

"얼마 전까지만 해도 기사단과 아카데미에 내통자가 잔뜩 있었지만, 아르멘 마을의 전투로 다들 마석수가 되어버리는 바람에……."

밀리에라 교장이 복잡한 표정으로 말했다.

혈철쇄 여단원들이 소지한 프리즘 파우더가 과민 반응을 하는 바람에 모리스와 전투에 참여한 다른 여단원들이 마석수로 변해버리고 말았다.

"얄궂은 이야기네. 프리즈마 덕분에 내통자를 배제할 수 있었다는 소리잖아."

리플의 말대로였다.

"새로운 내통자가 늘어났을 가능성도 있지만, 그렇다고 그들을 색출해서 거점을 캐낸다면 혈철쇄 여단과의 관계가 도리어 악화하겠죠."

게다가 혈철쇄 여단은 근본적으로 반하이랜더 조직이다.

그들에게 하이랜더들을 습격하지 말라는 것은 조직의 원칙에 어긋나는 일이다.

설령 흑가면이 교섭을 승낙하더라도 부하들이 납득할 것이라는 보장은 없었다.

그렇다면 상황에 따라서는 혈철쇄 여단을 파멸시키는 방향으로 이야기가 흘러갈 수도 있었다.

"그렇네요. 평화적으로 교섭하려는 것이니 그런 행동은 피하는 게 좋겠죠."

"결국 일루미너스를 노리고 행동에 나선 그들을 제압하는 게 가장 확실한 방법이겠네요."

"……별로 그러고 싶지는 않지만 말이죠."

"으으, 얌전히 있으면 좋을 텐데."

세오도어 특사와 밀리에라 교장은 난처한 표정을 지었다.

"어느 쪽이든, 일루미너스의 주민들을 지키는 데 전력을 다할게요."

"예. 부탁드립니다."

"괜찮아요. 그렇지 않아도 혈철쇄 여단의 수령과 다시 한번 만나고 싶었거든요."

그렇게 대답하는 잉그리스를 라피니아가 뚫어져라 쳐다보았다.

"왜 그래, 라니?"

"취향에 맞는 타입이라 또 만나고 싶다는 거지?! 안 돼, 절대로!"

"오, 오해라니까! 그런 거 아냐."

"그러면 뭔데? 다시 싸워보고 싶어서야?"

"그, 그럼! 물론이지!"

"그렇다면 다행이지만……."

사실은 그것도 반만 맞는 말이었다.

물론, 흑가면은 잉그리스가 아는 자 중에서는 굴지의 강자에 속했다.

언제 어디서든 싸우고 싶다는 생각이 드는 상대였다.

하지만 아무래도 잉그리스 왕과 똑같은 모습인 점이 가장 신경 쓰일 수밖에 없다. 묻고 싶은 것이 산더미였다.

그러므로 궁금한 것을 전부 물어본 다음에 실컷 싸울 생각이었다.

"자, 안으로 가시죠. 에리스 씨와 멜티아 황녀는 안쪽에 계세요."

잉그리스가 일행들을 향해 말했다.

이윽고 안으로 나아가자, 공간의 기억이 보여주었던 원통형 장치들이 나란히 놓여있었다.

"오오. 이건 진짜네."

유아가 장치의 표면을 툭툭 두드리며 말했다.

"하지만 텅 비었네요."

라피니아도 똑같이 장치를 툭툭 건드리고 있었다.

라피니아의 말대로 수십 개에 달하는 장치는 대부분이 비어있었다.

하지만 전부 다 비어있는 것은 아니었다.

"이쪽에는 뭔가 들어있는데?"

"어디요. 유아 선배? ……히이이익?! 이, 이거 해골이잖아요!"

라피니아가 화들짝 놀라 비명을 질렀다.

"……나도 운이 나빴다면 이렇게 됐겠네."

리플이 해골을 쳐다보며 복잡한 표정을 지었다.

"최근에는 하이랄 메나스를 만들기 전에 성공률을 판단한다나봐요. 위험도가 높은 사람은 시술을 피한다더군요. 월킨 박사의 공적 중 하나라고 해요. 그전까지는 닥치는 대로 시술을 했다는 모양이에요."

"……그 사람. 극악무도한 악인은 아니었던 것 같아. 빌마 씨를 걱정하기도 했고 말이지. 사전에 판단할 수 있게 해줬다는 건 희생자를 줄였다는 뜻이잖아."

"라니는 이벨 님 때문에 선입견이 생겨서 그래."

"맞는 말이야……. 반성해야겠어."

그렇게 말하며 한숨을 내쉬는 라피니아였다.

"그래도 악인이었던 건 맞을 거야. 일루미너스가 붕괴한 것도 윌킨 박사가 적들을 끌어들여서 그런 거잖아. 세오도어 특사의 아버지인 기공님을 침묵시킨 것도 윌킨 박사고……."

"아앗, 그, 그랬지! 죄, 죄송합니다. 제가 말실수를……!"

라피니아가 세오도어 특사에게 머리를 숙였다.

"아뇨, 괜찮습니다. 당신은 깨끗하고 올바른 감성을 지니고 있어요. 당신이 그렇게 느꼈다면 그걸로 충분합니다."

세오도어 특사는 언제나처럼 온화한 말투로 대답했다.

"아, 아니에요, 올바르다니……. 저는 아직 애라서 생각한 대로 내뱉었을 뿐인걸요."

이번에도 불온한 공기를 감지한 잉그리스는 세오도어 특사의 정면으로 이동해 두 사람의 시선을 차단했다.

헛기침한 뒤 화제를 바꾸는 잉그리스.

"그런데 여기에 남겨진 백골들을 따로 수습해서 매장해도 괜찮을까요? 이전에는 그럴 여유가 없었거든요. 매장을 하면 리플 씨와 에리스 씨의 마음도 많이 편해질 거예요."

"예, 물론입니다. 꼭 그렇게 해 주십시오."

세오도어 특사는 잉그리스의 제안을 듣고 고개를 끄덕였다.

"고마워, 잉그리스!"

리플도 미소를 지으며 말했다.

진심으로 기뻤는지 귀와 꼬리가 살랑살랑 움직이고 있었다.

"아녜요. 리플 씨와 에리스 씨, 아루루 선생님한테는 매번 신세를 지고 있는걸요."

그렇게 대화를 나누는 사이, 사람이 들어있는 두 개의 장치를 발견할 수 있었다.

한쪽에는 에리스, 그리고 다른 한쪽에는 베네픽의 멜티아 황녀가 들어있었다.

"에리스! 다행이다. 일단은 무사해 보이네……!"

리플이 에리스가 들어있는 장치로 달려갔다.

장치에 들어간 에리스는 의식이 없는지 조용히 눈을 감고 있었다.

"이쪽이 베네픽의 멜티아 황녀군요."

밀리에라 교장이 옆의 장치에 들어있는 멜티아 황녀를 바라보며 말했다.

"저로서는 어떻게 해야 할지 판단이 되지 않아서요. 부탁드립니다."

잉그리스가 세오도어 특사에게 말했다.

안에서 수행하는 동안에도 가끔 이곳을 찾아와 상태를 살피곤 했다. 하지만 에리스와 멜티아 황녀에게 별다른 이변이 없었기에 그대로 방치했다.

이번에 세오도어 특사에게 부탁하는 김에 잉그리스도 하이랜드의 기술을 배워 볼 생각이었다.

"예, 알겠습니다."

고개를 끄덕인 세오도어 특사는 장치에 부착된 제어판에 손을 뻗었다.

◆ ◇ ◆

기사 아카데미. 대강의실.

오늘은 아침부터 기사학과와 종기사학과의 합동 강의가 예정되어 있었다.

휴가가 끝나자마자 잉그리스 일행은 일루미너스로 향해야 했고, 나머지 학생들도 봉마기사단 활동으로 알카드에 출장을 갔었다. 이렇게 1기생들이 모두 모여서 수업을 받는 것은 오랜만이었다.

"흐아암. 가끔은 느긋하게 수업을 받는 것도 나쁘지 않네. 최근에는 너무 바빴어."

"라니. 졸지 말고 제대로 들어야지."

라피니아는 옆에 앉은 잉그리스에게 머리를 기대고 졸음과 싸우는 중이었다.

"하지만 오늘은 왠지 너무 졸린걸. 그래서 아침도 얼마 못 먹었어."

"글쎄. 내가 보기에는 엄청나게 많이 먹던데."

가만히 듣고 있던 레오네가 툭 내뱉었다.

잉그리스와 라피니아의 식사량이 워낙 엄청나다 보니, 먹는 양이 조금 줄어들어도 레오네와 리제롯테는 전혀 알아채지 못했다.

"그래도 모두가 무사히 이곳에 모일 수 있어서 다행이에요. 오랜만에 일상으로 돌아온 기분이네요."

"맞아. 알카드로 갔던 애들도 별다른 문제는 없었다나 봐."

"아아. 오랜만에 프람과 라티 얼굴이나 보고 싶었는데."

다들 잡담을 나누며 수업이 시작되기만을 기다렸다.

"여러분, 좋은 아침이에요!"

밀리에라 교장이 웃으며 교실로 들어왔다.

"어라? 어째서 교장 선생님이? 오늘은 특별 수업 날이 아니잖아?"

밀리에라 교장이 직접 수업하는 경우는 좀처럼 없었다.

밀리에라는 아직 젊지만 그래도 엄연한 교장이다. 수업 외에도 해야 할 일이 산더미처럼 많았다.

입학식 때 했던 중력 훈련이나, 특별 과외 수업 허가 테스트, 리플의 호위같이 특별한 경우를 제외하면 기본적으로 학생을 직접 지도하는 일은 없었다.

"뭔가 문제가 생긴 게 아닐까?"

레오네의 말이 맞을지도 몰랐다.

"또요? 이번에는 어디로 가게 될까요?"

리제롯테가 피곤한 얼굴로 한숨을 내쉬었다.

"나는 교주련에 가보고 싶어……! 후페일베인과 합체한 이벨

님과 붙어봐야 하거든! 그리고 하이랜드의 교주님과도 한번 싸워보고 싶네. 강하려나. 강하겠지? 하이랜드에서 제일 높은 사람이니까……!"

""하하하…….""

두 눈을 반짝이는 잉그리스를 보면서 라피니아, 레오네, 리제롯테는 쓴웃음을 지었다. 세 사람은 무조건 터무니없는 일이 벌어질 것이라고 얼굴로 말하고 있었다.

"흐음. 교장 선생님이 예정도 없이 찾아오면 불길한 예감밖에 안 드는데."

라피니아의 말에 레오네와 리제롯테가 고개를 끄덕여 동의를 표했다.

그런 생각을 한 것은 세 사람뿐만이 아닌지 교실 여기저기에서 술렁거리는 소리가 들렸다.

"으엑"이라거나 "크헉"이라거나 "잘못 본 거였으면" 같은 소리가 들려왔다.

그 모습을 본 밀리에라 교장은 심통이 난 표정을 지었다.

"중력 3배짜리 특별 훈련을 받고 싶은 학생이 있나 보군요. 누구인가요?"

"저요……! 여기요! 받고 싶어요! 제가 받을게요!"

밀리에라의 강력한 중력 마법을 보고 배워서 자신의 훈련에 활용하고 싶었다.

"잉그리스 양은 받지 않아도 괜찮아요. 저를 보고 기뻐했잖아요?"

밀리에라 교장이 빙그레 웃으며 말했다.

"으……. 실수했다."

싫어하는 시늉을 할 걸 그랬다고 생각하는 잉그리스였다.

"어흠. 여러분은 저를 불길한 징조로 여기는 모양이지만, 오늘은 그렇지 않다는 걸 보여드릴 생각이에요!"

밀리에라 교장이 헛기침하더니 학생들에게 말했다.

"어? 도대체 뭘까? 식당 메뉴가 늘어난 건가?!"

"그렇다면 기쁘긴 하겠지만, 굳이 교장 선생님이 나와서 설명할 일은 아닌 것 같은데."

답은 금방 공개되었다.

"자, 전학생을 소개합니다!"

"전학생?! 헤에~. 전학생이 왔구나. 어떤 애일까?"

라피니아는 무척 궁금한 눈치였다.

"안으로 들어오세요!"

밀리에라의 부름을 받고 교실로 들어온 것은 기품이 느껴지는 은발의 소녀였다. 은발에는 하늘색이 살짝 섞여있었다.

"앗!"

"저 사람은……!"

"베네픽의 멜티아 황녀야!"

그랬다. 기사 아카데미의 교복을 입고 있기는 하지만 베네픽의 황녀가 분명했다.

며칠 전 글레이프릴 석관에 들어갔을 때의 일이다. 에리스와 멜티아 황녀가 들어간 장치를 조정하던 세오도어 특사는 에리스를 가리키며 이대로 놔두면 문제없이 수복될 것이라고 말했다. 하지만 멜티아 황녀는 바로 꺼내는 게 좋겠다는 판단을 내렸다.

잉그리스 일행은 멜티아를 장치에서 꺼냈지만, 한동안 의식을 되찾지 못했다. 그래서 왕성으로 옮겨져 요양하게 되었다.

이렇게 일찍 회복해서 다행이다. 하지만 설마 기사 아카데미에 편입될 줄은 몰랐다.

"이쪽은 멜티아 양이라고 해요! 사이좋게 지내주세요! 특히 잉그리스 양, 라피니아 양, 레오네 양, 리제롯테 양. 여러분이 신경을 좀 써주세요!"

밀리에라 교장이 싱글벙글 웃으며 말했다.

"와~! 공주님이다, 공주님! 진짜 공주님이야……!"

"라니. 너무 큰 소리로 말하지 않는 게 좋아."

"응? 어째서?"

"교장 선생님이 일부러 이름으로만 소개했잖아. 다른 학생들이 알아봤자 좋을 게 없거든. 라티도 출신을 드러내지 않았잖아."

"아아. 그러고 보니."

"라티는 알카드 사람이라서 차라리 낫지."

알카드는 전통적으로 카랄리아와 우호적인 관계에 있는 국가였다.

최근에 베네픽과 함께 카랄리아를 침공하려 들었지만, 결국 그 계획은 실행되지 않았다.

알카드는 여기에 대해 정식으로 사과하고, 그 증거로 웨인 왕자의 봉마기사단 구상에 찬성했다. 그리고 실제로 봉마기사단에 가입해 활동에 나섰다.

이러한 관계였기 때문에 라티의 신분이 학생들에게 들통나도 별다른 문제는 일어나지 않을 것이다.

하지만 멜티아 황녀는 베네픽의 공주다.

베네픽은 알카드와 달리 대대로 카랄리아의 적국이다.

국민들의 인식도 알카드와는 비교가 되지 않게 나빴고, 얼마 전에는 직접 침략을 당하기까지 했다.

프리즈마의 침공이 베네픽의 소행이라 믿는 자들도 있다.

멜티아의 신분이 알려지면 분명히 못된 짓을 꾸미는 자가 나타날 것이다.

로슈폴이나 아루루도 비슷한 입장이기는 하지만 아루루는 인류를 지키는 하이랄 메나스고, 로슈폴은 특급 마인을 보유한 탑 클래스의 실력자다.

반감을 품는 이들이 있어도 실력으로 찍어 누르는 게 가능했다.

하지만 멜티아 황녀에게서 그런 실력을 기대하긴 힘들었다.

"우리는 전후 사정을 알잖아. 그래서 교장 선생님도 우리한테 신경을 써달라고 한 거야."

물론 로슈폴과 아루루도 도와주기는 하겠지만 같은 학생으로서 멜티아 황녀를 지켜봐 줬으면 하는 것이다.

"그렇구나……. 하긴, 요즘 베네픽과 이래저래 많이 부딪혔지."

얼마 전에도 일루미너스에서 베네픽의 맥웰 장군과 대판 싸우고 왔다.

맥웰 장군이 본격적으로 카랄리아를 침공한다면 얼어붙은 프리즈마와 비슷한 수준의 피해가 발생할지도 몰랐다.

"뭐, 교장 선생님이 오시면 귀찮은 일이 벌어진다는 말은 사실인가 보네. 후후후……. 나는 환영이지만."

멜티아뿐만 아니라 일루미너스의 주민들까지 볼트 호수에 정착하게 되었다. 주변에 분쟁의 불씨가 가득한 상황이었다.

""환영하지 마!""

라피니아와 레오네, 리제롯테가 입을 모아 외쳤다.

"자. 그러면 멜티아 양은 저쪽에 있는 라피니아 양의 옆자리로 가서 앉아주세요."

대화를 나누는 사이, 교장의 안내를 받은 멜티아가 잉그리스 일행의 옆으로 다가왔다.

"여러분, 저번에는 큰 신세를 졌습니다. 제 목숨을 구해주셔서…… 정말로 감사드립니다."

멜티아는 정중하게 고개를 숙여 감사를 표했다.

"아, 아니에요. 동료분들은…… 구해드리지 못해 죄송합니다!"

라피니아도 고개를 깊이 숙이며 사과했다.

줄곧 마음에 걸렸다.

착한 아이다. 잉그리스의 입가에 저절로 미소가 걸렸다.

역시 자랑스러운 손녀딸이었다.

"마음에 두지 마세요. 애초에 제가 힘이 부족해서 생긴 일인 걸요. 그분들이 지켜준 목숨이라고 생각하고 소중히 간직하려고요."

멜티아 황녀가 그렇게 말하며 미소 지었다.

"저는 강해지고 싶어요. 두 번 다시 이전과 같은 일이 일어나지 않도록…… 몸도 마음도 강해지려고요. 그러기 위해 이곳에서 많은 것들을 배울 생각이에요. 여러분, 잘 부탁드려요!"

"물론이에요! 그렇지, 크리스?"

"네. 안심하고 지내실 수 있도록 최선을 다할게요."

멜티아 황녀는 베네픽 내부의 정쟁에서 패해 하이랜드로 팔려 갔었다.

비록 목숨은 부지했지만, 베네픽에 그녀가 돌아갈 장소는 남아있지 않았다. 이 사정을 들은 칼리아스 국왕과 웨인 왕자가 기사 아카데미의 밀리에라 교장에게 신병을 맡기기로 한 것이다.

상황에 따라서는 멜티아 황녀가 중요한 역할을 맡게 될지도 몰랐다.

예를 들어, 카랄리아가 베네픽을 침공한다고 가정해 보자. 멜티아 황녀에게 총대장을 맡긴다면 카랄리아의 침략이 아니라 멜티아 황녀의 베네픽 정권 타도라는 명분을 내세워 베네픽 국민의 반발을 억누를 수 있다.

카랄리아로서는 보호할 가치가 있는 인물이다.

모든 것을 잃어버린 멜티아 황녀에게 기사 아카데미의 저렴하지 않은 학비를 부담할 능력은 없다. 하지만 국가를 기준으로 하면 인간 한 명에게 들어가는 경비는 새 발의 피에 불과했다. 멜티아 황녀의 가치를 생각하면 나라에서 전부 부담해도 싸게 먹히는 것이다.

만약 잉그리스가 칼리아스 국왕이나 웨인 왕자와 같은 입장이었어도 똑같이 대처했을 것이다.

"저희도 최대한 도와드릴게요. 뭐든지 물어보세요!"

"하지만 식사 시간이 되면 놀랄 각오를 하시는 편이……."

"……그건 그렇네."

""응?""

고개를 끄덕이는 레오네를 멀뚱멀뚱 바라보는 잉그리스와 라피니아였다.

놀랄 각오를 하라는 리제롯테의 조언은 친절한 마음에서 우러난 말이었다. 점심이 되면 멜티아 황녀도 혼이 쏙 빠져나갈 테니까. 하지만 몇 개의 수업을 마치고 점심시간이 되자 상황이 반전되었다.

"음! 오늘도 맛있네♪ 봐, 멜티아. 이게 A세트야."

"네, 맛있어요."

"이쪽은 C세트야. 나는 이게 좋더라."

"저도 알 것 같아요. 정말 맛있네요."

우물우물, 와구와구!

대화를 나누는데도 엄청난 기세로 줄어드는 테이블 위의 음식들.

제한된 점심시간 동안 얼마나 많은 양을 먹을 수 있는지 도전하는 것만 같았다.

"아아아아아아! 채소가 부족해!"

"고기도 모자라!"

"달걀도! 빵도! 전부 부족해!"

주방에서 요리하는 식당 아주머니들이 비명을 질렀다.

평소에 잉그리스와 라피니아의 위장과 싸우면서 단련이 되었을 텐데도.

"좋아, 라스트 스퍼트야! A부터 E까지 두 번만 가자!"

"그러면 나도."

"저도 부탁드려요."

멜티아 황녀는 태연한 얼굴로 두 사람과 똑같은 메뉴를 주문했다.

"하, 한 명이 더 늘었어······?!"

"비슷한 사람끼리는 서로를 끌어당긴다는 말이 사실인가 보네요······."

오히려 레오네와 리제롯테의 혼이 쏙 빠져나가고 말았다.

잉그리스가 글레이프릴 석관에서 수행하던 어느 날의 일이다.

잉그리스는 단정한 자세로 앉아 정신을 극한까지 집중하고 있었다. 잠시 후, 잉그리스는 감고 있던 눈을 뜨고 한숨을 내쉬었다.

"……후우. 잠시 쉬었다 할까."

잉그리스가 하고 있던 것은 에테르를 정교하게 가공하는 훈련이었다. 미술품을 만드는 것과 비슷한 치밀한 작업이다.

이 기술을 연마하고 연마하다 보면 언젠가 하이 에테르에 도달할 것이다.

그렇게 되면 자력으로 디바인 워크를 사용할 수 있었다.

내부에서 출구를 만들지 못하는 글레이프릴 석관이라 할지라도 디바인 워크로 잉그리스가 있는 장소를 세상의 밖으로 인식해 버리면 얼마든지 탈출할 수 있었다.

무기화한 에리스와 리플, 아루루를 사용해 디바인 워크를 경험해 본 것이 커다란 수확이었다.

덕분에 무엇을 목표로 해야 하는지가 명확하게 보였다.

만약 그때의 경험이 없었다면 희망을 잃어버렸을지도 몰랐다.

또한, 하이 에테르에 도달하지 못하고 이곳에서 늙어 죽을 걱정도 없었다.

이미 어린아이에서 소녀의 모습으로 성장하긴 했지만, 하이 에테르에 대한 감각이 조금씩 손에 잡히기 시작한 것이다.

이제 조금. 앞으로 한 걸음이다.

"얼른 돌아가지 않으면 라니가 걱정할 거야. 무엇보다……."

무엇보다 잉그리스 본인이 쓸쓸했다.

라피니아와 이렇게 오랫동안 떨어져 본 것은 잉그리스 유크스로 전생하고 나서 처음이었다.

오랫동안 손녀딸의 얼굴을 못 보고도 쓸쓸하지 않을 할아버지가 과연 있을까?

아니, 있을 리가 없었다.

그러니 부끄러워할 것 없다. 인간으로서 당연한 감정이니까.

그리고 그 마음이 잉그리스의 등을 떠밀어 수련의 속도를 올려주었다.

"얼른 나가서 라니의 얼굴이 보고 싶네."

잉그리스는 그렇게 중얼거리며 어딘가로 향했다. 에리스와 베네픽의 멜티아 황녀가 들어있는 원통형 장치 앞이었다.

휴식을 취할 겸, 이변이 없는지를 확인하기 위해 종종 들르고 있었다.

대부분은 에리스와 멜티아 모두 조용히 눈을 감고 있었다.

그런데 지금은 에리스의 상태가 평소와 달랐다.

"에리스 씨?"

에리스는 두 팔을 끌어안듯 몸을 웅크리고 있었다. 무엇보다도 당장이라도 눈물이 흘러내릴 것만 같은 괴로운 표정을 짓고 있었다.

액체에 잠겨 있어서 모르는 것일 뿐, 실제로는 이미 눈물을 흘리고 있는 걸지도 몰랐다.

"…………."

뭔가 괴로운 기억을 떠올리고 있는 것일까?

에리스는 예전에도 글레이프릴 석관에 들어와 본 적이 있다고 말했다.

그 무렵의 기억을 떠올리며 울고 있는 걸까?

에리스가 하이랄 메나스 시술을 받은 것은 400년도 더 이전의 일이다.

당시에는 천지전쟁이 일어났다고 하는데, 도대체 무슨 일이 있었던 것일까?

잉그리스 왕이 건국한 실베르 왕국과 무언가 관계가 있는 것일까?

물어보고 싶지만 목소리가 닿지 않았다.

잉그리스가 할 수 있는 것은 장치의 표면을 어루만지는 것뿐이었다.

그런데 그때, 잉그리스의 손이 닿은 부분에서 빛이 흘러나오더니 사방으로 번져 나갔다.

"윽?! 뭐, 뭐지……?!"

원인 불명의 빛은 시야를 가득 메울 정도로 확산되었다. 그리고 잉그리스는 의식이 아득해지는 것을 느꼈다.

◆ ◇ ◆

"……언니, 에리스 언니!"

궁전 내부에 만들어진 정원에 서 있던 에리스의 귀에 그녀를 부르는 목소리가 들려왔다.

연못에 비친 그녀는 하늘색의 아름다운 드레스를 입고 있었다.

하지만 화려한 모습과 달리 에리스의 표정은 밝지 못했다.

밝은 표정을 지을 상황이 아니기 때문이다.

"티파니에?"

에리스보다 조금 어린 예쁘장한 소녀였다.

에리스의 나라와 같은 조상을 지닌, 형제국이라 할 수 있는 나라의 공주였다.

굳이 말하자면 에리스와 티파니에는 먼 친척이라고 할 수 있는 관계였다.

어릴 적부터 자주 만난 사이로, 티파니에는 에리스를 언니라 부르며 따랐다.

지금은 에리스가 속한 나라의 궁전에서 출정을 나간 아버지와 왕자들이 돌아오기를 기다리는 중이었다.

두 사람의 나라와 주변국들은 연합군을 조직해 군사 행동을 하고 있었다.

티파니에는 군대가 돌아오기 전까지 혼자 기다리고 싶지 않아서 이곳을 찾아왔다.

"무슨 일이야? 그렇게 서두르다 넘어지면 어떡하려고."

"하, 하지만! 얼른 언니한테 알려야 해서요……! 꺄악!"

하마터면 넘어질 뻔한 티파니에를 부축한 에리스는 옆 나라의
공주가 상처를 입지 않았다는 사실에 안도의 한숨을 내쉬었다.

"어휴, 놀랐잖아. 그래서? 무슨 일인데?"

"아, 네! 연합국분들이 돌아오셨대요!"

"뭐?! 정말로?!"

"네! 성밖에 군대가 보인다 그랬어요!"

"보러 가자!"

에리스는 티파니에를 데리고 멀리까지 볼 수 있는 성의 옥상
으로 향했다.

그러자 눈에 들어온 것은…….

이곳을 떠나기 전의 위풍당당한 광경과는 전혀 다른 모습이
었다.

"?!"

병사의 수가 절반으로 줄어있었다. 아니, 그보다 더 적었다.

그리고 다치지 않은 자가 없었다.

다리를 끄는 자, 어깨를 누르고 있는 자. 다들 발걸음이 무거
웠다.

"이, 이게 대체?"

"패, 패배한 거야. 우리 연합군은…….."

"전령도 보낼 수 없을 정도로 당했다는 건가?!"

"아, 앞으로 어떻게 되는 거지……."

옥상에 모인 사람들이 저마다 불안한 심정을 드러냈다.

개중에는 기운을 잃고 털썩 주저앉는 자들도 있었다.

"이, 이럴 수가……. 아바마마와 어마마마는 어떻게 된 거예요?"

티파니에가 눈에 눈물을 머금고 떨리는 목소리로 말했다. 당장이라도 무너져 내릴 것만 같았다.

에리스는 그런 그녀를 끌어안아 지탱해 주었다.

"괜찮아. 걱정 마, 티파니에. 내가 있어. 내가 있으니까……."

에리스는 그렇게밖에 말할 수 없는 자신에게 무력감을 느꼈다.

에리스의 아버지와 형제들도 살아있는지 알 길이 없었다.

아버지는 이번 연합군의 맹주이자, 총대장이었다.

그것을 말리지 못했다는 사실 역시 무력하게 느껴졌다.

연합군의 상대는 하이랜드와 그곳에 거주하는 하이랜더들이었다.

프리즘 플로로 인해 나타난 마석수는 마법사가 아니면 격퇴할수 없는 존재였다. 하지만 마인무구만 있다면 일반인도 마석수에 대적할 수가 있었다. 하이랜드는 그 마인무구를 양도해 주는 대신 지상의 작물과 물자를 달라는 조건을 내걸었다.

이것만 보면 대등해 보이는 조건이다. 하지만 멀리 떨어진 나라에서 얻은 정보에 따르면 실상은 그렇지 않았다. 그들은 지상의 국가가 마인무구에 의존하기 시작하면 하이랜드는 조건을 바꿔 작물과 물자뿐만 아니라 인간과 영토까지 양도할 것을 요구했다. 심지어는 마법사를 처형하고 마법 교육을 금지하게 만드는 법까지 제정하게 했다.

연합국에 속한 나라들은 이러한 정보를 바탕으로 하이랜드의 요구를 무시하고, 마법사들을 동원해 마석수로부터 나라의 국민들을 지켰다.

마법사는 귀한 존재다. 그 숫자는 해가 지날수록 줄어들고 있지만, 에리스와 티파니에가 속한 나라는 예전부터 마법사의 수도 많고 연구도 활발하게 진행되고 있었다.

다만, 궁극의 마석수라 일컬어지는 프리즈마만큼은 어찌할 방법이 없었다. 만약 프리즈마가 나타나면 천재지변의 일종이라 생각하고 피난을 가는 수밖에 없었다.

이는 에리스가 속한 나라뿐 아니라 모든 나라에 적용되는 공통된 인식이었다. 좌우간 프리즘 플로로부터 나라를 지키는 데에는 아무런 문제가 없었다.

하지만 모든 나라가 에리스가 속한 나라와 같지는 않았다.

원래부터 마법사의 수가 적어 마석수로 골머리를 앓고 있던 몇몇 나라들이 앞장서서 하이랜드와 거래를 하기 시작했다.

그러자 소문대로 하이랜드는 점점 더 가혹한 조건을 내걸었고, 마을과 그곳에 거주하는 주민들이 통째로 하이랜드의 일부가 되는 사태가 속출하기 시작했다.

결국에는 마인무구를 얻으려면 타국을 침략하라는 조건까지 내걸었다. 결국 에리스와 티파니에가 속한 국가의 국왕들도 잠자코 있을 수 없게 되었다.

하지만 에리스의 아버지는 주변국을 침략한 지상의 국가들을 탓하지 않았다. 모든 잘못은 하이랜드에게 있다고 주장하여 하이랜드를 주변 국가로부터 고립시켰다.

에리스가 속한 국가는 원래부터 주변 일대에서 제일가는 강국이었다. 그런 나라의 왕이 자국의 이익이 아닌 지상인들 전체를 위해서 들고 일어나자, 그의 행동은 사람들의 갈채를 받았고, 연합군에도 많은 나라들이 참여하게 되었다.

연합군이 이곳을 출발할 당시의 모습은 위풍당당하기 그지없었다. 에리스도 승리를 믿었고, 승리하길 빌었다.

하지만 눈앞 패잔병들의 모습에 그때의 당당함은 티끌만큼도 남아있지 않았다.

"……이러고 있을 때가 아니에요! 지금 바로 따뜻한 식사와 잠자리를 준비하세요! 저희를 대표해 싸워주신 분들을 위로해 드려야죠!"

에리스는 애써 커다란 목소리로 절망한 사람들에게 외쳤다.

무섭기는 에리스도 마찬가지였지만 떨릴 것 같은 목소리를 가까스로 억눌렀다.

"아, 알겠습니다……! 에리스 님!"

"분부를 받들겠습니다!"

"조, 좋아! 가자!"

"할 수 있는 일이 있을 거야……!"

에리스의 격려를 받은 사람들이 움직이기 시작했다.

하지만 그때였다.

뚝, 뚝…….

에리스의 뺨과 이마에 빗방울이 떨어졌다.

"이건……?! 언니, 프리즘 플로가!"

티파니에의 말대로 프리즘 플로가 내리기 시작했다.

"그, 그래. 하필이면 이럴 때……! 어쨌든 성으로 귀환하는 분들을 서둘러 맞이하세요!"

"아앗! 마, 마석수가!"

티파니에가 떨리는 목소리로 한쪽을 가리켰다. 그곳에서는 이미 몇 마리의 마석수가 발생해 성으로 귀환하는 연합군의 병사들을 습격하기 시작했다.

"지, 지원을! 저분들에게는 싸울 기력이 남아있지 않습니다! 마법사 부대를 보내세요!"

"에, 에리스 님! 병사들을 지키면서 저만한 규모의 마석수를 쓰러트릴 만한 인원이 없습니다!"

"예?! 하지만 저들을 죽게 내버려 둘 수는……!"

에리스는 어느 정도 무술에 조예가 있었지만, 마법을 사용할 줄은 몰랐다.

마법사는 마석수로부터 나라와 사람들을 지킬 수 있는 유일한 존재다.

에리스도 그러한 존재가 되고 싶어서 마법 교육을 받아봤지만 결국 습득하지 못했다.

  아버지와 왕자들은 강력한 마법을 다룰 줄 알았다. 그야말로 왕족에 걸맞은 인물들이었다. 하지만 마법의 재능은 유전되기도 하고 그렇지 않기도 했다. 그래서 에리스는 지상의 운명을 건 싸움에서 후방에 남겨지게 된 것이다.

  "어, 언니! 병사분들이!"

  티파니에가 가리킨 곳을 바라보니 마석수들이 병사들을 덮쳐 잡아먹고 있었다.

  부상당한 병사들에게는 맞서 싸울 기운이 거의 남아있지 않아서 희생자가 하나둘씩 늘어갔다.

  얼마 남지 않은 마법사들도 반격에 나섰지만, 수가 너무 적었다.

  살아남아 돌아온 귀중한 마법사들이 허망하게 목숨을 잃어갔다.

  "안 돼! 마법사가 아니어도 상관없습니다! 움직일 수 있는 자들은 지원을!"

  "에, 에리스 님! 그건 너무 무모합니다! 마법사가 아니면 마석수를 퇴치할 수 없습니다!"

  "이, 이런 말씀을 드리기 괴롭습니다만, 마석수가 침입하지 못하도록 성문을 잠가야 합니다! 그렇지 않으면 병사들을 쫓아온 마석수가 성안으로 쏟아져 들어올 겁니다……!"

  국왕이 남기고 간 대신들이 에리스에게 진언했다.

"서, 성문을 닫으면 밖에 남겨진 병사들은 어떡하고?!"

"나라와 백성들에게 배신당했다고 생각할 거야!"

"하지만 저길 봐라! 저 마석수들은 전부 날지 못하는 짐승들이다! 성문만 걸어 잠그면 성벽을 넘지 못하고 다른 곳으로 이동할 거야!"

"성안의 시민을 지켜야 해! 피해를 조금이라도 줄이려면 그수밖에 없어!"

대신들의 의견에 사람들은 반대파와 찬성파 두 부류로 갈렸다.

어느 쪽을 선택하는 것이 옳은지는 알 수 없었다. 하지만 이대로 시간을 지체하면 어느 쪽도 지키지 못하게 된다.

여기서는 에리스 자신이 결정을 내려야 했다.

결단을 내릴 수 있는 사람은 에리스밖에 없었다.

"……아뇨! 저들을 내버려 둘 수는 없습니다! 성안에서 부대를 출격시켜 마석수 무리를 유인하겠습니다! 그동안 병사들을 성안으로 들이겠어요! 지휘는 제가 맡습니다! 자, 가시죠!"

에리스가 결연하게 선언했다.

"언니! 저도 가겠어요! 데려가 주세요!"

티파니에가 부탁해 왔다.

티파니에도 마법사는 아니지만 무술을 배우는 에리스를 보면서 함께 훈련해 온 사이다.

국왕과 왕자들이 어떻게 되었는지 모르는 지금, 함께해 준다면 든든할 따름이었다.

"그래! 가자, 티파니에!"

"네, 언니!"

그날, 에리스가 이끄는 병력은 하이랜드와의 전투에서 패배한 천 명의 병사들을 성으로 복귀시키는 데 성공했다.

하지만 성안으로 침입한 마석수에 의해 3천 명의 주민들이 희생되고 말았다.

에리스의 나라가 중심이 된 연합군이 하이랜드와의 전투에서 패배하고 한 달 뒤.

전장으로 떠난 국왕과 왕자가 돌아오는 일은 없었다. 나중에 전사했다는 소식을 기사로부터 전해 들었을 뿐이었다.

두 사람 모두 강력한 마법사였지만 하이랜드의 대장군인 글레이프릴이라는 남자와 싸워 패배하고 말았다는 모양이다.

왕가의 피를 잇는 자는 에리스가 유일했다. 에리스가 여왕으로 즉위하는 오늘, 왕성 앞에 수많은 사람이 몰려들었다.

하지만 이는 에리스의 즉위를 축하하고 국가의 번영을 맹세하기 위해서가 아니었다.

""반대다! 어째서 나라를 위험에 빠트리고 멸망하게 만든 자들에게 충성하라는 거냐!""

""심지어 새로운 여왕은 마법을 다룰 줄도 몰라! 나라를 지켜

나갈 힘이 없다고!"''

"''맞는 말이야! 새로운 여왕의 즉위에 반대한다! 왕가는 한계야! 이제 그만 왕좌에서 내려와라……!"''

왕성을 둘러싼 군중들에게서 천지가 울리는 듯한 노성이 울려 퍼졌다.

하이랜드와의 싸움에 패배한 지금, 이 나라에는 마법사의 수가 압도적으로 부족했다. 그 탓에 프리즘 플로와 마석수를 방어하는 데도 지장이 생긴 상태였다.

백성들의 불안과 불만은 커져만 갔고, 그것은 하이랜드와의 전쟁에 나선 전 국왕과 왕가에 대한 비판으로 이어졌다.

애초에 이 나라에는 아무런 문제도 없었건만 왕가에서 괜한 짓을 하는 바람에 마법사들이 전멸하고 말았다는 것이었다.

딱히 틀린 말은 아닐지도 몰랐다. 하지만 하이랜드의 횡포를 못 본 척하지 못하고 지상인들을 위해 들고 일어났던 아버지와 왕자들의 의지는 어디로 가버린 것일까?

다들 전장으로 향하는 병사들을 배웅하며 박수갈채와 환성을 보내지 않았던가.

왕성을 둘러싼 군중들은 마치 그 사실을 까맣게 잊어버렸다는 듯이 행동하고 있었다.

"''다들 잊지 마라! 저 여자는 자신과 가까운 자들과 기사들을 지키기 위해서 서민들을 희생으로 몰아넣은 냉혈한 여자다! 절대로 나라를 지킬 그릇이 못 돼! 저들의 손에서 우리의 나라를 되찾아야 해!'"

　군중들의 선두에는 국왕이 남겨두고 간 대신이 서 있었다.

　연합군의 패잔병들이 마석수에게 습격당할 당시, 성문을 닫고 방어를 굳히자고 진언한 자였다.

　에리스는 그 제안을 거절하고 마석수를 유인해 병사들을 성에 들여보냈다. 결과적으로 병사들은 지켰지만, 마석수가 왕도로 침입하여 구출한 병사의 몇 배나 되는 주민들이 희생되고 말았다.

　"너무해……! 에리스 언니는, 우리는 사람들을 구하려고 했을 뿐인데!"

　성 밖의 광경을 보면서 고개를 숙이는 티파니에.

　왕위를 잇는 에리스의 대관식을 참관하기 위해 이곳에 와 있었다.

　"저들을 탓하면 안 돼, 티파니에……. 결과적으로 수많은 시민이 희생된 건 사실이니까."

　"언니, 저희는 이제 어쩌면 좋죠……?"

　바로 그때, 어찌할 바를 모르는 에리스와 티파니에에게 누군가가 말을 걸었다.

　"여왕 폐하! 제게 명령을 내려주십시오! 군중들을 뚫고 나가 저 비겁자들을 여왕님 앞에 대령하겠습니다! 선왕이 돌아가신 지금, 모두가 일치단결해 나라를 지켜도 모자랄 판에 백성을 선동해 반역을 꾀하다니! 저놈은 본인이 왕좌를 꿰차고 싶었던 것에 불과합니다!"

패전 이후에 새롭게 임명된 기사단장이었다.

에리스가 병사들을 끌고 나가 구해낸 자 중 한 명이자, 에리스에게 은혜를 느껴 충성을 맹세한 인물이었다.

""기사단장님의 말씀대로입니다. 에리스 님!""

""저희도 단장님과 함께하겠습니다!""

그렇게 말하며 찬성하는 이들도 대부분 에리스가 구해낸 자들이었다.

에리스의 결단은 백성들의 원성을 사고 말았지만, 반대로 기사와 마법사들의 신뢰를 얻는 결과로도 이어졌다.

하지만 이대로 방관하고 있을 수는 없었다.

"잠시만요! 다들 진정하세요! 나라를 지키려면 모두가 일치단결해야 하는 건 사실입니다! 하지만 지금 백성들을 힘으로 제압하면 나라는 더욱 분열합니다! 출격은 허가할 수 없습니다!"

"하지만 에리스 님! 달리 방법이 없잖습니까!"

"제가 가겠어요! 백성들과 마주하고 납득할 때까지 대화를 나누겠습니다!"

"위, 위험합니다! 옥체에 무슨 일이라도 생기면 저희는 통합의 상징을 잃어버리게 됩니다! 그때는 정말로 끝입니다!"

"그래도 가는 수밖에는……!"

대화가 이어지는 가운데, 밖에서 군중들을 부채질하는 소리가 들려왔다.

"어떻게 된 거냐! 아무런 해명도 없이 성에 틀어박혀 떨고만 있을 셈인가! 역시 왕가의 밥버러지와 기사단의 밥버러지들은 하나같이 무능하고 겁만 많은 놈들이구나!”

맞는 말일지도 몰랐다.

에리스에게 힘이 있었다면 시민들의 피해 없이 마석수의 추격에서 병사들을 구해냈을 테니까.

그랬다면 이런 사태를 맞이하지도 않았을 것이다.

선대 국왕이나 왕자였다면 충분히 해낼 수 있는 일이었다.

에리스는 이를 가는 선에서 그쳤으나, 기사단장은 그렇지 못했다.

“그것이 나라와 백성을 위해 전선에 선 자들에게 한 말인가! 안전한 후방에서 목숨을 부지한 자들이 감히! 더는 참을 수 없다……! 공주님, 저희는 출격하겠습니다! 말리지 말아주십시오! 다들, 가자!”

““오오오오오오오오!””

기사단장이 외치자 그 자리에 있던 모든 기사가 우렁차게 대답했다.

“멈추세요! 부탁이에요! 나라를 위해서 하나가 되겠다는 각오를 여러분이 먼저 증명해 보이셔야 합니다……!”

“안 됩니다! 놈은 선왕과 왕자님, 나라를 위해 죽어간 모든 자들을 우롱했습니다! 이 분노는 그 비참한 전투에 참여했던 자들밖에 모르는 것입니다!”

“……!”

막을 수 없었다.

에리스도 전장에 나서지 않고 후방에서 그들이 돌아오기만을 기다렸을 뿐이다. 저들의 마음속을 완전히 이해하지도 못했고, 무엇보다 저들에게는 에리스의 말이 닿지 않았다.

말이란 무엇을 말하는가보다 누가 말하는가가 중요했다.

에리스가 하는 말로는 저들을 막을 수 없었다.

"용서해 주시길!"

"아앗……!"

기사단장은 에리스를 밀치고 알현실을 뛰쳐나갔다.

국왕이나 왕자였다면 똑같은 말로도 저들을 멈춰 세울 수 있었을 것이다.

강력한 마법의 힘을 사용해서 억지로 막을 수도 있었을 것이다.

에리스는 그 어느 것도 하지 못했다.

"어, 언니! 괜찮아요……?!"

"그, 그래…….”

이제 아무도 남아있지 않은 알현실에서 티파니에가 에리스의 몸을 일으켜 주었다.

"이, 이제 어떻게 하죠? 어떻게 하면 좋아요? 이대로는…….”

"내, 내 잘못이야……. 아무것도 하지 못했어. 단지 왕가에서 태어났을 뿐인 인간이라서……!"

"무슨 말이에요! 언니는 나라와 백성들을 위해서 필사적으로 노력했잖아요! 절대로 언니 탓이 아니에요……!"

그러는 사이, 갑자기 바깥이 소란스러워졌다.

밖으로 뛰쳐나간 기사들이 몰려든 백성들과 치고받기 시작한 것이다.

노성. 검을 부딪치는 소리. 그리고 비명.

"아아……! 죄송해요. 아바마마, 오라버니……!"

에리스의 눈에서 눈물이 흘러내렸다.

남은 백성들이 서로 죽고 죽이는 이런 상황을 아버지와 오라버니가 원했을 리 없다.

나라를 지켜야 할 기사들이 백성들에게 검을 들이댔다. 이런 식으로는 아무것도 나아지지 않는다.

알고 있었다. 알고 있지만 막을 수가 없었다.

이 모든 건 결국 남겨진 자신이 무력하기 때문이다.

무력감과 죄책감으로 마음이 뭉개질 것만 같았다.

그런데 그때.

기사단과 군중들이 치고받는 왕성 주변에서 폭발이 일어났다.

""으아아아아앗?!""

""뭐, 뭐야……?! 누구 짓이냐?!""

양쪽 세력 모두 예상하지 못했는지 주변이 물을 끼얹은 듯 조용해졌다.

쿠궁…… 쿠궁…… 쿠궁…….

그리고 그 자리에 울려 퍼지는 묵직한 진동음.

"아……. 어, 언니, 저건!"

티파니에가 하늘을 가리키며 외쳤다. 공중에 몇 대의 배가 날
고 있었다.

"하, 하이랜드?!"

불행 중의 다행이라고 해야 할까. 같은 나라의 백성들끼리 서
로 죽이는 사태만큼은 피할 수가 있었다.

"하이랜드의 아크로드, 글레이프릴이다. 앞으로 잘 부탁하지."

하이랜드의 군대를 이끄는 지휘관이 에리스가 앉을 예정이었
던 옥좌에 앉아 말했다.

"……! 글레이프릴……!"

국왕과 왕자는 하이랜드와의 전쟁에서 글레이프릴이라는 남
자와 싸워 패했다고 들었다.

즉, 이 남자가…….

"그, 그럼 당신이 백부님과 오라버니를……! 잘도……!"

"조용히 해, 티파니에!"

글레이프릴을 노려보는 티파니에를 에리스가 날카롭게 제지
했다.

국왕과 왕자의 원수.

하지만 그건 동시에 국왕과 왕자를 죽였을 정도로 강대한 힘
을 지녔다는 뜻이었다.

그렇기에 소수의 인원으로 에리스가 있는 왕성에 발을 들일 수 있었다.

섣불리 반항하면 무사하지 못할 터였다.

"하, 하지만 언니! 언니는 분하지 않으세요……?!"

"…………."

글레이프릴은 입을 다문 채로 티파니에를 쳐다보았다.

슬쩍 쳐다봤을 뿐이건만 무시무시할 정도의 위압감과 살기를 품고 있었다.

마치 먹잇감을 응시하는 맹수 같았다.

"으…… 아으…….."

얼어붙은 티파니에는 그 이상 아무런 말도 하지 못했다.

"지, 지금은 조용히 있어, 티파니에……!"

에리스는 티파니에를 감싸듯 글레이프릴과 그녀 사이로 걸어 갔다.

"……저희는 당신들 하이랜드의 제안을 받아들이겠습니다. 마인무구와 지상의 물자 교환을…….."

"아니. 그걸로는 부족하다."

하지만 글레이프릴은 조용히 고개를 가로저었다.

"예……?"

"그건 서로 우호적인 상황에서 교역을 시작할 때의 이야기다. 잊지 마라. 너희 국가는 이미 우리 하이랜드에 군대를 보내 멸 망시키려 했다. 우리도 상당한 피해를 보고 말았지. 나는 거래

가 아니라 패전국에 항복 권고를 하려고 온 것이다."

"항복 권고……."

"순순히 따르지 않으면 멸망시키겠다. 우선은 그 사실을 가슴에 새겨둬라. 이제 이 나라에는 우리를 막을 능력이 없다."

""큭…….""

에리스뿐만 아니라 주변에 대기하고 있는 기사들도 아무런 반론을 하지 못했다.

이제 이 나라에는 하이랜드와 싸울 힘이 남아있지 않았다.

연합군의 출정에 모든 힘을 쏟아부은 바람에 자국에 출몰한 마석수조차 제대로 토벌하지 못하는 실정이었다.

심지어 백성들끼리 서로 싸우기 직전이었다.

하이랜드에게 멸망하기 전에 자멸해도 이상하지 않은 상황이다. 그러니 이렇게 대답할 수밖에 없었다.

"당신의 말대로입니다. 하이랜드에…… 항복하겠습니다."

"좋은 대답이군."

글레이프릴은 조용히, 가치를 매기듯이 에리스의 몸을 머리부터 발끝까지 훑어보았다.

에리스는 달라붙는 듯한 그의 시선에 몸서리쳐질 정도의 공포를 느꼈다.

자신이 겁을 먹고 있다는 사실조차 전부 꿰뚫어 본 듯했다.

하지만 정식으로 즉위하지는 못했을지라도 에리스는 이 나라를 이어받은 몸.

무슨 일이 있어도. 어떻게 해서든지 나라와 백성들을 지켜내야 했다.

　그 결의만큼은 분명했다. 그래서 에리스는 앞장서서 글레이프릴에게 물었다.

　"그런데 항복 조건은……? 저희에게 무엇을 요구하실 거죠?"

　"……왕가는 존속하게 해주겠다. 체제를 바꿀 생각은 없다. 단……."

　뒤이어 글레이프릴이 요구한 조건은 상당히 가혹했다.

　하이랜드의 군인과 관계자의 자유로운 체류를 허가할 것.

　하이랜드의 요구에 따라 지상의 작물과 물자를 상시 제공할 것.

　마석수와 타국에 대한 방어는 하이랜드에서 담당하나, 이를 위한 인원은 하이랜드에서 자유롭게 징발하도록 안배할 것.

　마인무구는 지상에 제공하지만, 이를 다루는 것은 하이랜드에서 징발한 병사로 한정할 것.

　즉, 인간이든 자원이든 하이랜드가 원하는 대로 가져가도 좋다는 뜻이었다.

　그리고 나라를 지켜주기는 하겠지만 마인무구의 소지가 허락되는 것은 결국 하이랜드가 선별한 병사들뿐이었다.

　다른 나라에 비해 압도적으로 불리한, 실질적으로 하이랜드의 점령지에 준하는 조건이었다.

　이렇게 되면 왕가는 이름뿐인 왕가로 전락한다. 사실상 지상의 영토를 다스리는 관리직에 불과했다.

또한, 국가적으로 마법사 사냥해 철저히 근절할 것.

마법 서적과 도구는 전부 불태우고 파기할 것.

이는 지상인들이 마석수에 대항할 방법을 없애기 위한 조항이었다. 훗날에 있을 반항의 싹을 꺾으려는 것이다.

하나같이 받아들이기 힘든 조건들뿐이었다.

하지만 에리스는 이를 받아들일 수밖에 없었다.

유일한 위안은 하이랜드의 군대가 나타나 내란이 미연에 종결되었다는 점이었다.

그것만큼은 다행이었다. 그것만큼은…….

이를 위안 삼아서 어떤 환경에 처하든 최선을 다할 수밖에 없었다.

이리하여 에리스는 앞으로 자신에게 주어진 현실과 마주하기로 했다.

하아, 하아, 하아…….

에리스는 흐트러진 침대 위에서 가쁜 호흡을 가다듬고 있었다.

숨을 고르며 새하얀 시트로 몸을 감싸자, 피부에 맺힌 땀방울이 시트 안으로 스며들었다.

시트를 땀으로 더럽히긴 싫었지만, 아무런 용건도 없이 눈앞의 상대에게 알몸을 드러내긴 싫었다.

마음을 허락한 게 아니다. 자신이 원해서 한 게 아니다.

이것이 에리스가 할 수 있는 유일한 저항이었다.

"누가 쉬라고 했지."

하지만 곧 눈앞의 상대가 에리스가 감싸고 있는 시트를 벗겨 내려 들었다.

아크로드, 글레이프릴이었다.

글레이프릴은 표정 변화가 없는 무뚝뚝한 얼굴을 한 주제에 에리스에게 끝을 모르는 욕망을 부딪쳐 왔다.

"잠시만, 쉬게 해주세요."

에리스는 시선을 피하며 시트를 다시 끌어 올렸다.

"흠. 감질나게 만들지 마라. 싫다면 다른 한 명의 공주를 이곳으로 불러들일 뿐이다."

"아, 안 돼요! 티파니에는, 티파니에한테는 손대지 말아 주세요! 당신의 상대는 제가 할게요! 이제 충분히 쉬었으니……."

에리스는 그렇게 말하며 스스로 시트를 내려 글레이프릴에게 자신의 알몸을 드러냈다.

"그래. 좋은 마음가짐이다."

글레이프릴은 희미한 미소를 지어 보이고는 에리스의 다리를 좌우로 벌렸다.

……벌써 몇 번째일까?

첫날에는 혐오감과 공포, 그리고 고통으로 정사가 끝나고 혼자서 눈물을 훔쳤다.

하지만 이제는 이것도 익숙해졌다.

싫기는 매한가지지만 힘도, 인망도 없는 이름뿐인 여왕이 하이랜드의 아크로드와 교류할 방법은 이것밖에 없었다.

글레이프릴이 에리스의 몸에 눈독을 들인 것은 불행 중의 다행이었다.

이자를 받아들이는 대가로 마법사 사냥을 중지하고 국외로 추방하는 선에서 타협할 수 있었다.

고향에서 쫓겨난 마법사들이 불쌍하긴 했지만 그래도 목숨을 빼앗기는 것보다는 나았다.

어딘가 멀리 떨어진 나라에서 평화로운 삶을 살기를 바랐다.

게다가 하이랜드가 자유롭게 인간을 징발해도 좋다는 조건에도, 반드시 본인의 동의를 얻을 것, 왕궁의 에리스에게 보고할 것, 노예처럼 다루지 말 것과 같은 부가 조건들을 내걸 수 있었다.

이를 어기면 스스로 목숨을 끊겠다고 글레이프릴을 협박한 보람이 있었는지 현재로서는 잘 지켜지고 있었다.

에리스가 글레이프릴에게 몸을 바쳐 수많은 국민들이 목숨을 건졌을 것이다.

그러니…… 이것으로 충분했다. 자신이 할 수 있는 일은 이 정도뿐이니까.

하이랜드에 나라를 팔아먹고 혼자서 우아한 삶을 즐긴다던가, 하이랜드와 자는 창녀라던가 하는 평가를 받고 있다는 것도 알고 있었다.

여왕 에리스의 평판은 결코 좋다고 할 수 없었다.

그리고 몇 시간 뒤.

하아, 하아, 하아…….

글레이프릴이 떠나간 방의 침대 위에서 에리스는 가쁜 숨을 몰아쉬고 있었다.

누가 뭐라고 말하든 자신은 나라와 국민들을 위해서 할 수 있는 일을 할 것이다.

그것으로 충분했다.

글레이프릴이 찾아오고 1년 정도가 지난 어느 날.

에리스는 안뜰로 이어지는 인기척 없는 회랑을 걷고 있었다.

"……이상하네?"

아직 이른 아침이지만 인기척이 없을 만한 시간대는 아니었다.

평소대로라면 아침 준비를 하는 궁녀들이 바쁘게 돌아다녀야 했다.

에리스는 아침에 안뜰에서 꽃을 가꾸는 것을 좋아했다.

현재는 티파니에도 왕성에서 체류 중이었기에 이따금 같이 정원을 산책하곤 했다.

그래서 아침이 평소에 어떤 모습인지 잘 알고 있었다.

"…………."

고개를 갸웃하며 앞으로 걸어가는 에리스.

그리고 얼마 지나지 않아 에리스는 주위가 조용해진 이유를 깨달았다.

회랑의 기둥에서 다수의 기사가 튀어나온 것이다.

심지어 다들 무기를 거머쥐고 있었다.

"윽?! 뭐, 뭐야?!"

에리스는 눈 깜짝 할 사이에 검을 뜬 기사들에게 둘러싸였다.

"어, 어쩔 속셈이야?"

무엇을 하려는지는 명백했다.

에리스의 목숨을 취하려는 것이다. 즉, 암살이었다.

하지만 문제는 그 중심에 있는 인물이었다.

글레이프릴이 찾아오기 직전의 반란에서 에리스를 감쌌던 기사단장이었다.

"하이랜드와 잔 창부는 우리의 여왕이 아니다! 얌전히 목숨을 내놓아라!"

"자, 잠시만요! 제가 몸을 바치지 않았으면요?! 더욱 많은 사람이 죽었을 거예요! 앞으로도 이걸 계속하지 않으면 하이랜드의 압정이 더욱 심해진다고요! 제가 사라지면……!"

목숨은 아깝지 않았다.

다만 아무리 한심스럽고, 굴욕적이고, 비난을 당해도 에리스가 하는 행동은 나라와 백성들을 지키는 길로 이어지고 있다고 믿었다.

"당신들도 분명 힘들었을 거예요. 하지만……!"

현재 기사단이라는 조직은 하이랜드의 허가 없이는 아무것도 못 하는 실정이었다.

권한도 인원도 계속 축소되는 바람에 이제는 성의 위병 업무 정도밖에 남아있지 않았다.

그들이 하이랜더들로부터 집 지키는 개라고 멸시받는 것도 알고 있다.

그래도 에리스의 곁에서 함께 견뎌주고 있다고 생각했건만…….

"닥쳐라! 이 세상에는 목숨보다도 소중히 해야 할 것이 있다!"

"그건 힘이 있는 인간만이 할 수 있는 말이야! 아버지, 오라버니처럼!"

"닥치라고 했다!"

기사단이 칼끝을 에리스에게 겨누고 돌진 자세를 취했다.

"그래요……. 알겠습니다."

은색의 칼끝이 에리스의 복부를 노리고 날아왔지만, 에리스는 일부러 움직이지 않았다.

이 장소에 지나가는 사람이 아무도 없다는 것은 이 성의 누구도 암살을 말릴 생각이 없었다는 뜻이다.

뭔가를 눈치채고 충고해 주는 사람도 전무했다.

모두가 에리스를 필요 없는 존재로 생각하고 있다는 증거다.

에리스가 옳다고 생각해서 하는 행위는 이해받지 못했고, 오히려 눈썹을 찌푸리는 자들만 생겨났다. 그렇다면 이제 괜찮은 걸지도 몰랐다.

자신이 글레이프릴에게 몸을 바치지 않아도. 이제 그만 편해져도…….

모두가 그것을 원한다면.

에리스는 눈을 감고 그 순간이 오기만을 기다렸다.

이것은 비겁한 죽음이 아니라 해방이었다. 중책에서의 해방.

하지만 아무리 기다려도 그 순간은 찾아오지 않았다.

무언가가 무언가와 부딪히는 소리가 들렸다.

하지만 에리스에게서는 아무런 고통도 느껴지지 않았다.

"뭣……?!"

기사단장의 놀란 목소리에 에리스는 조심스럽게 눈을 떴다.

그러자 눈앞에 비친 것은…….

기사단장의 검에 복부를 꿰뚫린 티파니에였다.

"티파니에?!"

"언니……."

티파니에는 에리스에게 미소를 지으며 자리에 털썩 쓰러졌다.

"티파니에! 티파니에에에!"

에리스는 티파니에의 이름을 부르며 그녀의 곁으로 달려갔다.

검에 꿰뚫린 복부에서 붉은 피가 흘러나와 티파니에의 드레스를 빨갛게 적셔나갔다.

"아아아아! 미, 미안해! 미안해, 나 때문에……!"

이런 사태가 발생한 것은 에리스의 탓이었다.

글레이프릴에게 몸을 바치면 나라와 백성들의 대우가 조금이라도 나아질 것이라는 에리스의 판단이 이런 상황을 초래했다.

티파니에는 그런 무능한 에리스를 버리지 못하고 몸을 던져 지켜준 것이다.

이제 끝나도 좋다고, 죽어도 좋다고 포기한 에리스를.

눈물이 멈추지 않았다.

지금까지 견뎌왔던 나날이 한꺼번에 무너져 내린 것처럼 에리스는 큰 소리로 울부짖었다.

"괘, 괜찮아요, 언니. 울지 말아요. 언니는 스스로를 희생해서 나와 이 나라의 사람들을 지키려 했어요……. 그, 그러니까 나도……."

티파니에가 기침하자 입에서 붉은 피가 흘러나왔다.

"티파니에! 안 돼! 더는 말하지 마……! 금방 고쳐 줄 테니까!"

"아니, 그렇게는 안 된다!"

기사단장과 부하 기사들은 여전히 에리스를 둘러싸고 있었다.

"딱하게 됐군. 하다못해 여왕도 저승길에 동행시켜 주지!"

티파니에의 피로 젖은 칼끝이 에리스를 향했다.

"누구 탓인데! 누가 티파니에를 이런 꼴로 만들었는데!"

"너의 무능함과, 하이랜드에 몸을 파는 절조 없는 행위다!"

"입 다물어! 입지가 좁아졌다고 불평밖에 할 줄 모르는 얼간이들 주제에!"

"잘도 지껄이는군! 그렇다면 네 목을 치고 우리가 이 나라를 다스리겠다!"

"어디 한번 해보시지!"

티파니에가 지켜준 목숨을 이런 곳에서 버릴 수는 없었다.

모든 것을 받아들이려던 마음은 이미 깨끗이 사라졌다.

마지막까지 저항하고, 발버둥 쳐서 살아남아야 했다.

무기도 없고, 머릿수로도 불리했지만 적어도 티파니에에게 부끄럽지 않은 행동을 취해야 했다.

"우오오오오오!"

기사단장이 피에 젖은 검을 수직으로 휘둘렀다.

"윽?!"

하지만 에리스도 무술을 배운 몸이다.

위에서 덮쳐오는 칼날을 가까스로 회피한 뒤, 거리를 벌려 이어지는 공격을 회피했다.

어떻게든 돌파구를 찾아내야 했다.

그렇게 생각한 순간, 뒤쪽에서 강한 충격이 느껴졌다.

"아윽……?!"

에리스를 포위한 기사 중 한 명이었다.

그가 검의 손잡이로 에리스의 등을 강하게 찍은 것이다.

에리스는 앞으로 넘어져 바닥에 무릎을 꿇었다.

"큭! 아직이야……!"

마지막까지 포기하면 안 된다. 포기할 수 없었다.

"제압해라!"

하지만 에리스가 몸을 일으키기도 전에 수많은 기사가 몰려들어 에리스를 바닥에 깔아 눕혔다.

"이거 놔! 놓으란 말이야!"

"좋아. 너는 도망치지 못한다."

발버둥 치는 에리스를 내려다보면서 기사단장은 씨익 웃어 보였다.

그대로 검을 내리칠 줄 알았건만, 그러지는 않았다.

기사단장은 에리스 앞에 웅크려 앉더니 머리카락을 붙잡아 들어 올렸다.

"크큭…… 모처럼 좋은 기회니 죽이기 전에 잠깐 즐겨보실까. 그 하이랜더에 대한 복수도 되겠지. 어이, 너희들. 너희들도 순서대로 한 번씩 해라."

기사단장의 말에 다른 기사들도 음흉한 미소를 지으며 고개를 끄덕였다.

상종 못 할 놈들이다.

이 나라의 정예들은 국왕, 왕자와 함께 전부 죽고 말았다. 남아있는 자들이 이 지경인 것도 어쩔 수 없었다.

하지만 에리스에게는 좋은 기회였다.

"좋을 대로 하시지."

목숨만 부지한다면 무언가 타개책을 짜낼 수 있었다.

끝나지 않는 한 가능성은 있었다.

티파니에도 에리스가 포기하는 것을 원하지는 않을 터였다.

"아니. 내가 용납 못 한다."

약간 불쾌해 보이는 목소리가 나지막이 울려 퍼졌다.

다음 순간, 무언가가 데구르르 굴러가는 소리가 났다.

그리고 에리스의 눈앞에 미소 짓는 기사단장의 얼굴이 나타났다.

머리밖에 없는 모습으로.

"윽……!"

에리스의 입에서 신음이 흘러나왔다.

기사단장의 목을 날려버린 것은 글레이프릴이었다.

고도의 마법을 사용한 것인지 그의 팔이 거대한 칼날처럼 변형되어 있었다.

그 팔로 일격에 기사단장을 도륙해 버린 것이다.

글레이프릴을 보면서…… 어째서인지 안심해 버리는 자신이 있었다.

하지만 그것도 잠시.

곧 눈앞이 새빨갛게 물들면서 시야가 차단되었다.

기사단장의 목에서 뿜어져 나온 피가 에리스의 머리를 적신 것이다.

"꺄악?!"

에리스가 놀라서 허둥대는 사이, 남자들의 분노한 목소리가 들려왔다.

""이 자식! 잘도 기사단장님을!""

““빌어먹을 하이랜더 같으니!””

“죽어라.”

눈앞이 보이지 않아서 차라리 다행인 걸지도 몰랐다.

기사들이 차례차례 비명을 내지르고, 뿜어져 나온 피가 사정없이 에리스에게 쏟아졌다.

헛구역질이 나올 것만 같은 피 냄새가 전신을 뒤덮었다.

이윽고 주변이 조용해지자, 에리스는 얼굴을 닦으며 자리에서 일어났다.

주변을 돌아보니, 글레이프릴이 쓰러진 티파니에의 몸을 안아서 들고 있었다.

“티파니에! 티파니에!”

앞으로 달려가 티파니에를 불렀지만, 대답은 돌아오지 않았다.

이윽고 글레이프릴은 티파니에를 안아 든 채로 어디론가 걸어 갔다.

“티파니에를 어디로 데려가시는 거죠?! 어서 치료해야 해요!”

“하이랜드로 옮기겠다.”

“네……? 티파니에를 살려주시는 건가요?”

“운이 좋다면 그렇게 되겠지.”

“부, 부탁드립니다! 제발, 제발 티파니에를……!”

“장담은 할 수 없다.”

에리스는 그렇게 말하는 글레이프릴을 향해 머리를 숙여 보였다.

그렇게 배웅한 티파니에가 에리스가 있는 왕성으로 돌아오는 일은 없었지만.

애초에 모든 것은 하이랜드가 지상을 침략한 것이 원인이고, 글레이프릴은 아버지와 오라버니의 원수였다.

게다가 티파니에에게 손을 댄다고 자신을 협박까지 한 남자다.

그런 남자라는 사실을 모르는 것은 아니지만…….

원망도 하고, 증오도 하지만…….

그날 이후 에리스는 글레이프릴이 침실을 방문해도 침대 시트로 자기 몸을 가리지 않게 되었다.

하지만 그런 나날은 갑작스럽게 끝을 맞이하고 말았다.

국내에 프리즘 플로가 장마처럼 이어진 것이다.

하이랜드의 마인무구 덕분에 마석수는 어떻게든 대처할 수 있었지만, 단숨에 균형을 박살 내는 존재가 나타났다.

최강이자 최악의 마석수, 프리즈마였다.

길게 이어지던 장마가 결국 프리즈마를 탄생시켜 버린 것이다.

프리즈마란 천재지변과도 같은 것.

지상의 모든 수단을 동원해도 상대할 수 없으며, 유일한 방법은 그 장소에서 도망치는 것뿐.

그리고 그것은 하이랜더들이라고 별반 다르지 않았다.

쿠궁…… 쿠궁…… 쿠궁…….

왕성의 창문 너머로 몇 대의 배가 하늘 높이 날아가는 것이 보였다.

그리고 에리스는 글레이프릴을 물고 늘어지는 중이었다.

"잠깐! 기다려 주세요! 필요할 때 단물만 빨아먹고 막상 위험해지니까 도망쳐 버리다니, 비겁해요! 저와 티파니에는 뭘 위해서……!"

"마석수는 마인무구로 퇴치가 이루어지고 있었다. 하지만 프리즈마는 논외다. 프리즈마까지 퇴치해 주겠다고 약속한 적은 없어."

"그래도! 그래도……!"

"유감이다. 동포들이 죽게 내버려 둘 수는 없다. 하이랜드도 이 나라에 많은 투자를 했어. 하지만 저 괴물 앞에서는 전부 무용지물이다. 경고는 해줬다. 어딘가로 도망쳐서 네 삶을 살아라."

"제게는 달리 도망칠 장소도 없어요! 이 나라와 백성들을 위해 마지막까지 싸우겠어요! 어차피 사용하지 않을 거라면 마인무구라도 전부 놔두고 가세요!"

"마인무구로는 죽도 밥도 안 돼. 죽을 거다."

"이미 죽은 거나 마찬가지예요! 한참 예전부터! 그날부터!"

마음을 죽이고, 자기 자신을 죽이면서 나라와 백성들을 위해서 최선을 다했다.

줄곧 그렇게 살아왔다. 그러니 마지막까지 그렇게 살 것이다.

더는 돌이킬 수 없었다.

"흐음……. 그러면 도박을 해 보겠나? 프리즈마를 쓰러트릴 수 있는 힘에."

"네?! 그런 게 있어요?!"

"아니, 없다."

글레이프릴이 고개를 가로저었다.

기대감을 잔뜩 부추겨 놓고 부정하다니. 지독한 농담이었다.

"무슨 소리죠? 저를 놀리는 건가요?"

"놀리는 게 아니다. 없으니 만들면 된다는 뜻이다."

"만든다고요?"

"그래. 인간을 재료로 만들어지는 궁극의 마인무구. 하이랄 메나스다."

"하이랄 메나스……?!"

"허황된 꿈이라고 말하는 자들도 있지. 하지만 그 허황된 꿈에 기대야 할 정도로 프리즈마라는 존재는 강대하다. 아직 완성된 사례도 없고, 성공률도 한없이 낮지만…… 네가 하이랄 메나스가 되어보겠나?"

"네, 되겠어요."

에리스는 망설이지 않고 즉답했다.

나라와 백성들을 위해서 해야 할 일을 하는 삶. 그 삶을 관철하는 것이 티파니에를 위한 일이기도 했다.

아직 방법이 있다면 그것을 택할 뿐이다.

망설일 여유는 없었다. 프리즈마는 시시각각 이 나라를 파멸시키기 위해 다가오고 있었다. 서두르지 않으면 늦어버릴 것이다.

"어떻게 하면 되죠? 지금 바로 하이랄 메나스로 만들어 주세요!"

"그럼 따라와라. 설비는 하이랜드에 있다."

"알겠습니다. 서두르죠!"

　에리스는 고개를 끄덕이며 글레이프릴의 뒤를 쫓아갔다.

　반드시 돌아올 것이다. 반드시 지켜낼 것이다. 이 나라를 위해 모든 것을 바치겠다고 정했으니까.

　그리하여 에리스는 하이랜드로 향했다. 하지만…….

　하이랄 메나스 시술에 성공해 눈을 떴을 때는 오랜 세월이 지난 뒤였고, 반드시 지키겠다 맹세했던 나라는 이미 세상 어디에도 존재하지 않았다.

"…………."

　정신을 차리고 눈을 뜨자, 에리스가 들어있는 원통형 장치가 눈앞에 보였다.

　잉그리스를 감쌌던 빛은 온데간데없이 사라지고, 처음부터 아무 일도 없었던 것처럼 정적만이 주변을 지배하고 있었다.

　에리스의 눈에는 여전히 눈물이 맺혀 있었다.

"에리스 씨……."

방금 보았던 광경은 사실일까?

잉그리스는 에리스가 살아온 인생을 봐버린 것일까.

정말로 그런 것이라면…….

"이렇게 가엾을 수가……."

어떤 일을 생각하면서 울고 있는 것일까. 후보가 너무 많아서 짐작하기 어려울 정도였다.

어느 부분을 잘라서 봐도 눈물이 나오는 기억뿐이었다.

잉그리스에게는 왕으로서의 영광스러운 기억과, 잉그리스 유크스로서의 행복한 기억이 있었다. 하지만 에리스의 기억은 어느 쪽과도 비교를 불허했다.

무엇 하나 마음대로 되지 않았고, 자신이 옳다고 생각했던 선택은 나쁜 방향으로만 굴러갔다.

에리스의 인생은 그런 일들투성이였다.

"여러모로 미안한 짓을 해버렸네……."

그런 사람에게 억지로 대련해달라고 하질 않나, 소풍을 가는 기분으로 무기가 되어달라 부탁하질 않나, 심지어는 파손되게 만들어 또다시 글레이프릴 석관에 들어가게 했다.

정말로 싫었을 것이다.

글레이프릴이라는 이름을 듣고 옛날 생각이 나지 않았을 리가 없었다.

그래서 장치에 들어간 에리스가 이렇게 눈물을 흘리고 있는 것이리라.

하지만 에리스는 그런 마음을 내색조차 하지 않고 당당하게 글레이프릴 석관으로 들어가길 택했다.

"게다가 티파니에 씨도…… 다음에 만나면 좀 더 상냥하게 대해줘야겠다."

티파니에는 라피니아도 해치려고 들기 때문에 잉그리스로서는 용서하기 힘든 상대였지만, 조금은 더 상냥하게 대해도 괜찮겠다는 생각이 들었다.

기억 속 장면에서는 글레이프릴이 빈사상태가 된 티파니에를 하이랜드로 데려갔었다. 아마 티파니에도 그 이후 하이랄 메나스 시술을 받았을 것이다.

당시의 티파니에는 지금과 전혀 다른 상냥한 성격의 소유자였다. 미래에 티파니에의 성격이 일그러지게 만드는 결정적인 사건이 일어난 걸지도 몰랐다.

혹시 에리스는 그 사건이 무엇인지 알고 있는 것일까?

에리스도 머나먼 미래에 하이랄 메나스로 내던져져 지금에 이르기까지 다양한 일을 겪었을 것이다.

무엇보다, 글레이프릴은 시술에 수백 년이 걸린다는 말은 단 한마디도 하지 않았다.

에리스는 하이랄 메나스가 되면 곧장 나라로 돌아가 프리즈마와 싸울 생각이었을 것이다.

심지어 무기화한 하이랄 메나스를 사용한 사람은 죽어버린다는 사실도 가르쳐 주지 않았다.

그 사실을 알게 되었을 때 에리스와 티파니에는 어떤 심정이 들었을까?

잉그리스가 보았던 기억 이후로도 어떤 삶을 겪었을지 눈에 선했다.

"아크로드 글레이프릴이라. 여자의 적이군."

아무리 하이랜더라 해도 수백 년 전의 인물이었다.

이 석관에 이름만 남기고 사망했을 가능성도 높았다.

하지만 만약 잉그리스의 눈앞에 나타난다면…….

잉그리스는 누구의 힘도 빌리지 않고 자신의 힘만으로 싸우겠다고 다짐했지만, 그때만큼은 무기화한 에리스를 들고 그녀의 의지대로 싸울 의향이 있었다.

"그러기 위해서라도 지금의 상황을 어떻게든 해야겠지."

이대로 휴식을 취하고만 있을 수는 없었다.

잉그리스는 가볍게 뺨을 때리며 기합을 넣었다.

"좋았어……! 기다려 주세요, 에리스 씨!"

그러고는 에리스에게서 등을 돌려 다시금 수행에 나섰다.

후기

먼저, 이 책을 읽어주셔서 진심으로 감사드립니다.

영웅왕, 극한의 무를 위해 전생하다 11권이었습니다. 재미있게 읽으셨기를 바랍니다.

이번 권에서도 다양한 설정들을 추가해 봤습니다만, 지금까지와 다른 점이 있다면 왼쪽으로 갈지 오른쪽으로 갈지 애매한 부분을 확실하게 정하는 과정이었던 것 같습니다.

지금까지는 떡밥만 마구 뿌렸다면 이번에 조금 정리가 된 느낌이랄까요.

한번 글로 써버리면 더 이상 돌이킬 수 없기 때문에 살짝 두려운 기분도 듭니다.

제가 애매한 부분은 그대로 놔둔 채로 나중에 가서 조금씩 수정하는 타입이거든요. 그래서 여기를 제대로 갈무리해야 나아갈 수 있겠다는 생각이 들기 시작하면 긴장이 됩니다.

하지만 이것도 장편 시리즈를 연재해서 생기는 고민이니 좋은 경험이라고 생각합니다. 감사합니다.

그전까지는 정리하기보다는 구상하는 게 대부분이었으니까요.

앞으로도 열심히 해나갈 생각입니다만, 솔직히 말하면 이번 11권에서 잘 마무리했기 때문에 12권은 어떻게 해야 할지 고민하고 있습니다. 후기를 쓰고 있는 이 시점에서 완전히 무계획인 상태입니다.

뭐, 어쨌든 그건 미래의 제가 알아서 해주겠죠……!

몸 상태도 건강하기 때문에 가능할 거라고 봅니다!

작가 프로필에도 적어놨는데 매일 운동을 병행하면서 1일 섭취 칼로리를 1,500kcal로 제한하는 생활을 3개월째 계속하고 있습니다.

덕분에 살도 5~6kg 정도 빠졌고, 3개월간 매일 3천 자 이상의 원고도 집필하고 있습니다.

몸 상태가 집필 능력과 관련이 있다는 것을 실감하기 때문에 앞으로도 계속해 나가기 위해 습관을 들이고 있습니다.

매일의 경과를 X(구 트위터)로 적어놓고 있으니 괜찮다면 보러 와주세요.

운동을 시작한 계기를 말씀드려 볼까요. 올해 여름에 오키나와에 가족 여행을 간 적이 있는데, 호텔의 수영장과 해변을 방문하니 다른 가족의 아빠들은 다들 슬림한 체형을 하고 있더군요. 제 체형이 부끄러웠습니다.

습관을 바꾸게 된 계기가 되기도 했으니 가길 잘했다는 생각이 듭니다.

어쨌든 집필 체력도 올라갔으니 더욱더 일을 늘려보고 싶습니다……! 현재 작업 중인 검성녀 아델 외에도 말이죠!

작가 수명이 다하기 전에 자신의 한계까지 노력해 보려 합니다.

언젠가는 제 글이 통하지 않을 시점이 반드시 찾아올 테니까 말이죠. 쓸 수 있는 동안에 최대한 써야 한다고 생각합니다.

가능하다면 할아버지가 되어서도 작가로 먹고살고 싶습니다만, 트렌드에서 뒤처지면 강제로 은퇴해야 하는 업계라서 말이죠. 1mm도 방심하면 안 되고, 여유를 부릴 틈도 없습니다.

그래도 그만큼 즐거운 일입니다. 보람도 가득하고요.

젊을 때 경험했던 블랙 기업이나, 그 이후의 겸업 작가 시절에 비하면 일일 근로 시간은 훨씬 짧아졌습니다. 그러니 한동안은 이 삶을 이어갈 생각입니다.

자, 마지막으로 담당 편집자 N 님, 일러스트를 담당해 주신 Nagu 님, 그리고 각 관계자분. 이번에도 발매를 위해 애써주셔서 감사드립니다.

그러면 이쯤에서 물러나도록 하겠습니다.

일루미너스 사건을 거치며
무사히 원래의 모습으로 돌아온 잉그리스.

잉그리스는 글레이브릴 석관에서 수행하고 나와 더욱더
강해졌지만, 지금은 잠깐의 휴식을 만끽하는 시간. 그동안
잉그리스는 베네픽의 황녀 멜티아 등과 함께 오랜만의 학원
생활을 즐기고 있었다.

그러나 잉그리스 주변에서 평화로운
나날이 이어질 리가 없었으니.

"아아, 어디서 적이라도
나타나지 않으려나….

아! 정말로
나타났다!"

영웅왕,
극한의 무를 위해 전생하다
그리고 세계 최강의 견습 기사가 되다♀

다음 편 예고

Eiyu-oh, Bu wo Kiwameru tame Tensei su. Soshite, Sekai Saikyou no Minarai Kisi "우". 11
©Hayaken
Originally published in Japan in 2024 by HOBBY JAPAN CO., Ltd.
Korean translation rights ©2024 by Somy Media, Inc.

영웅왕, 극한의 무를 위해 전생하다 ~그리고 세계 최강의 견습 기사가 되다~ 11

2024년 11월 15일 1판 1쇄 발행

저　　　　자	하야켄
일 러 스 트	Nagu
옮　긴　이	마일도
발　행　인	유재옥
이　　　　사	조병권
출판본부장	박광운
편 집 2 팀	정영길 박치우 조찬희
편 집 3 팀	오준영 권진영 이소의
디자인랩팀	김보라
디지털사업팀	김경태 김지연 윤희진
라이츠사업팀	김정미 이윤서 임지윤
콘텐츠기획팀	박상섭 강선화
영업마케팅팀	최원석 이다은
물　류　팀	허석용 백철기
경영지원팀	최정연
인쇄제작처	㈜코리아피엔피
발　행　처	㈜소미미디어
등　　　　록	제2015-000008호
주　　　　소	서울시 마포구 토정로222, 502호 (신수동, 한국출판콘텐츠센터)
판매 및 마케팅	(070) 8822-2301

ISBN 979-11-384-8489-3 04830
ISBN 979-11-6507-980-2 (세트)